ALEJANDRO SAWA

criadero de curas

novela social

amarillo editora

Este producto está hecho con material proveniente de bosques certificados FSC®
bien manejados y con materiales reciclados.

EDICIÓN: noviembre, 2024
IBIC: FC
THEMA: FBC

© del diseño de cubierta: Carlos García Estades
© de esta edición: 2024, Amarillo Editora

DISEÑO Y MAQUETACIÓN: Carlos García Estades y Lucía Moreno
CORRECCIÓN: Elia Fernández y Ester Vallejo
NOTAS: Ester Vallejo

Reservados los derechos de edición para Amarillo Editora
www.amarilloeditora.com evallejo@amarilloeditora.com

ISBN: 978-84-128897-1-0
DL: M-22748-2024
ISNI Alejandro Sawa: 0000 0000 8137 8873
ISNI Amarillo Editora: 0000 0005 1332 7026

IMPRESIÓN Y ENCUADERNACIÓN: Estugraf Impresores, S. L.

Impreso en España / *Printed in Spain*

Nota de la editora

Dos años se cumplen ya desde la puesta en marcha de esta editorial y, por tanto, del nacimiento de su catálogo, que comenzó su andadura con otra obra de este mismo autor: Noche, *una historia oscura y dramática, muy en la línea de toda su novelística.*

Los comienzos de cualquier proyecto siempre van cargados de grandes dosis de incertidumbre. En aquel momento me preguntaba si habría hoy en día nuevos lectores interesados en conocer la obra de este escritor de finales del siglo xix, *un autor que vivió siempre en los márgenes y cuya obra —no muy extensa, puesto que murió con tan solo 46 años— permaneció en la periferia de nuestra historia literaria. Sabemos que su figura inspiró a otros muchos escritores de la época (como a Pío Baroja, Ramón M.ª del Valle-Inclán o, más recientemente, a Juan Manuel de Prada), pero, más allá de su figura, del halo que flota alrededor de Sawa como personaje, está su creación, y a veces ocurre que nos dejamos deslumbrar por la figura del artista —por haber disfrutado este de una vida intensa y pasional, o eso creemos—, cuando en realidad conocemos escasamente su legado. Y esto ha sucedido en gran medida con la figura de Alejandro Sawa, pues su personaje ha soportado el paso del tiempo mejor que los frutos de su intelecto. Y eso que, a lo largo de las últimas décadas, el mundo de la edición no se ha olvidado del todo de su aportación, no solo al cosmos de la bohemia finisecular, sino también a la historia de nuestra literatura.*

Pues bien, dos años después de aquella primera apuesta de Amarillo, esta editora ha sido una testigo afortunada de la existencia de un público actual y joven que, aunque minoritario, está bien dispuesto a conocer la obra de este autor, más allá de su tantas veces referida leyenda. Es esta una muy feliz noticia para esta pequeña editorial, centrada en gran medida en el rescate de obras y autores que hoy en día se encuentran algo olvidados.

Toda la obra de Alejandro Sawa se presenta como un completo catálogo de los principios fundamentales del naturalismo radical imperante en aquellas décadas, y son esas premisas justamente las que encontramos una y otra vez en cada una de las historias que surgieron de la pluma de este escritor, a saber: el cientificismo, o la consideración de la ciencia como único saber válido, frente al oscurantismo de la religión y la fe, entendida esta como un delimitador capaz de nublar la inteligencia más sublime; el determinismo, o la constatación de que el destino del individuo viene marcado por sus orígenes familiares y hereditarios, sin posibilidad real de cambio (de ahí que en muchas de sus novelas dedique Sawa varias páginas a la descripción de la situación familiar de los protagonistas, como relato necesario en la historia que nos contará a continuación); un feroz anticlericalismo, especialmente evidente en la presente novela; una defensa abierta y muy moderna de la mejora de la situación y el papel que las mujeres jugaban en el entorno familiar y en la sociedad en general (en algunos casos, como en Historia de una reina, *esta idea se convierte en el motor de la narración); y por último, una técnica literaria recurrente en sus novelas y que consiste en la bestialización de aquellos personajes que el autor juzga inmorales y capaces de las mayores bajezas.*

Todo esto es también Criadero de curas, *la historia de un joven que ingresa en un seminario por decisión de sus padres, y lo que allí acontece. Como es habitual en el autor, a lo largo del relato no ahorrará manifestaciones de lo más contundentes a la hora de describir los padecimientos de este joven, apenas un niño, a manos de los religiosos que se encargan de su cuidado.*

Resulta llamativo si pensamos que el propio Alejandro Sawa cursó estudios en el seminario de Málaga y que, en 1878, con apenas dieciséis años, escribió un texto, El Pontificado y Pío IX *(Apuntes biográficos), dedicado al obispo de Málaga y en el que defiende la religión como motor hacia el progreso y la cultura. Cuesta creer que el hombre en el que se convirtió aquel muchacho escribiría años después algunas de las páginas más desconcertantes y feroces en contra de los clérigos y los internados religiosos, que eran un lugar habitual de formación de los niños en aquella época. Un claro ejemplo es esta obra,* Criadero de curas, *cuyo título, por sí solo, es ya bastante elocuente.*

No obstante, a pesar del oscurantismo y el pesimismo que impregnan toda la obra de este sevillano, quiero pensar que es posible vislumbrar un poco de luz en su mensaje, y *para ello debemos entender que el objetivo final de todo su proyecto literario es precisamente establecer un alegato en favor de una sociedad más justa y equitativa, una educación más respetuosa y humanizada, y, por ende, un mundo en el que la libertad del individuo sea el pilar básico sobre el que se sustenten todas las relaciones que el ser humano pueda establecer con sus congéneres.*

Por la belleza de esta idea luchó y en ella habitó siempre un Alejandro Sawa absolutamente fiel a sus principios hasta el mismo día de su muerte, aunque ello le condenase a soportar una ardua existencia y un final trágico y nada glorioso.

Ester Vallejo

Nota a la presente edición

En lo que respecta al empleo de las preposiciones, se han mantenido las originales en la medida de lo posible para conservar el sabor decimonónico del texto, y se han actualizado otras que le resultarían demasiado extrañas al lector actual. Especial atención se ha puesto en la revisión de las mayúsculas cuando son empleadas por el autor en algunos nombres comunes. Se han actualizado al uso de la minúscula moderna los casos de nombres genéricos tales como academia *o* seminario, *considerados estos como espacios o edificios públicos, pero se ha conservado la mayúscula en los conceptos relacionados con la religión, ya que tienen un peso esencial en un texto que fundamenta su crítica en ese mundo profundamente religioso de finales del siglo* XIX. *La novela fue escrita en una sociedad para la cual estos conceptos eran sagrados, y, sin embargo, Sawa los censura sin compasión. Hemos llegado a la conclusión de que mantener estos casos de mayúscula inicial hace aún más evidente la valentía del texto, y de ahí que términos como* Cielo, Catolicismo, Calvario, Infierno *o* Creación *se mantengan en la presente edición con la mayúscula inicial aceptada entonces, siempre que expresen un sentimiento religioso.*

En cuanto a otros términos genéricos, tales como Naturaleza *o* Tierra, *se han mantenido también los usos de la época, respetando así la mayúscula o la minúscula según lo determinó el autor en su manuscrito.*

Alejandro Sawa, fotografiado por Compañy en 1898 (Residencia de Estudiantes, Madrid)

DEDICATORIA

A Silverio Lanza[1]

*En desagravio de la estupidez de casi todos
y como homenaje de admiración.*

Alejandro SAWA

---

1. Juan Bautista Amorós y Vázquez de Figueroa (1856-1912), más conocido como Silverio Lanza, fue un escritor español, inicialmente marino de profesión. Asistía regularmente a la tertulia del Café Madrid, hoy ya desaparecido. Su producción literaria, centrada en la publicación de cuentos y novelas, se caracteriza por un fino sentido del humor, una crítica aguda a la sociedad y al caciquismo imperante, y un estilo moderno, que sigue la línea naturalista del momento. Varios fueron los autores que elogiaron su obra, entre ellos Maeztu, Gómez de la Serna, Azorín y Baroja. Colaboró en algunas publicaciones de la época y formó parte del grupo Gente Nueva, en el que también se encontraba Alejandro Sawa. [Nota de la editora, al igual que las notas sucesivas que aparecen en el texto].

I

ANTECEDENTES

Quedó decidido. Aquel niño no podía ser otra cosa que cura. El padre y la madre acaban de acordarlo así en una conferencia breve y dañina, que fue conjugación de fatalidades contra un destino humano. Decidieron el porvenir que reservaban a la pobre criatura como un juez decide sobre la vida de un reo.

Trátese de llamar como se quiera, aquella resolución fue una sentencia, sentencia condenatoria, sentencia de muerte. Castrado de sensibilidad y de inteligencia, ningún hombre completo ha podido alentar sobre la tierra.

Los cánones se equivocan. La tonsura llevada con dignidad sobre la coronilla requiere eunucos o idiotas. La hacen saltar las inspiraciones del pensamiento y la cubren de pelos los sexos bien organizados cuando se insurreccionan contra la voluntad, reivindicando los derechos de la naturaleza.

¡Ahí es nada esa pretensión canónica de querer convertir lo orgánico en inorgánico, y la justa sensibilidad de la bestia en la insensibilidad absoluta de las piedras de la calle! ¡Negar a nadie los graves derechos de su propio organismo solo porque a Moisés o al Cristo, en hora de torpeza, se les ocurriera declarar maldita a la materia humana! Tanto vale eso como prohibir la conveniencia de andar hacia adelante, o de preferir la posición vertical a la horizontal[2] para el descanso y el sueño. Es alzarse en armas contra la vida. Y ¿no sería lógico añadir que, puesto que aquella conferencia había tenido por objeto la anulación de un destino humano, matar en germen a una personalidad para más nobles fines creada, seguramente, que para consagrarla al sacerdocio católico, aquella conferencia de los dos esposos podría calificarse de «conciliábulo de asesinos»? Hay que mentar las cosas y las personas por su nombre. Asesinato: el hecho; autores: don Francisco de tal y tal y doña Juana de casi iguales apellidos; y víctima: el hijo de entrambos seres, Manolito (igual nombre que Dios), un niño de diez años, tan hermoso, que, como decían las comadres de su calle, «¡Jesús! ¡Daba gusto mirarlo!».

Un gañán, un hermoso modelo de naturaleza humana, aquel niño. Grande, fuerte, poderoso de organización, como hecho adrede para la lucha moderna, en que muchas veces los puños sienten tentaciones de servir de auxiliares a la idea. Y si la cópula que precede a la concepción de la hembra fuera consciente, fuera capaz de inteligencia, los padres de aquel niño merecerían ser coronados con ese mismo laurel que orna la frente de los hombres de genio reconocidos por la gloria, porque habían hecho obra de

---

2. En el original parece existir un error, ya que figura expresado al revés: *(...) o de preferir la posición horizontal a la vertical para el descanso y el sueño.*

arte reproduciéndose en una criatura que era símbolo vivo de salud y de gracia.

Nació en un mundo de fanatismos religiosos, en que ser comparado a un monigote de esos que la gente católica adora en los altares, constituye, en asuntos de virtud o belleza, el premio de honor supremo; y a Manolito lo comparaban las beatas con el niño Jesús; ya adolescente, que el santoral católico representa siempre cogido a la mano de su extraño padre, José de Nazareth. Ya veis, pues, que era hermoso. A más de eso, se le apuntaba la inteligencia con el vigor de un músculo que pide ejercicio.

Era un símbolo fuerte del célebre aforismo de Hipócrates[3], grabado con oro en el frontispicio de todas las academias en que se enseña a estimar la vida: *mens sana in corpore sano*. Todo, absolutamente todo, si se quiere; todo, menos la larva de un cura.

Vivía en la misma tierra de su nacimiento, en Ávila, de cuyo recinto cerrado no había salido nunca. Como todos los naturales de la histórica ciudad, los padres de Manolito tenían la pretensión de ser parientes, en grado más o menos lejano, de Teresa de Jesús, la histérica. Esta circunstancia los obligaba a un mayor exceso de fanatismo religioso[4].

Además, eran ricos, y en la práctica del culto hallaban un remedio contra el hastío.

---

3. La medicina y la ciencia, así como el estudio del cuerpo humano, gozaron de la aquiescencia de los escritores naturalistas del momento, entre los cuales encontramos a Alejandro Sawa: toda su obra literaria es un perfecto ejemplo de asunción de las premisas del naturalismo.
4. En su novela *Noche* (Amarillo Editora, 2022), publicada por primera vez en 1888, el mismo año que *Criadero de curas*, el autor sitúa también en Ávila los orígenes de la familia protagonista del drama, que resulta ser la viva representación de los males sociales contra los que arremete en la novela.

No hacer nada es imposible. La actividad es más fácil para los seres animados que la pasividad. Y el rezo en los labios es una actividad de los músculos bucales y, aun algunas veces, del pensamiento. Una ocupación, si queréis, como otra cualquiera.

Todo hablaba a la inteligencia de Manolito, desde la más tierna infancia, de Dios y del Cielo: todo parecía como puesto de acuerdo en la obra maldita de convertir el organismo fuerte y armónico de aquel Jesús adolescente de la ciudad de Ávila en el organismo, sin músculos y sin sexo, de un sacerdote. El libro en que le enseñaran a leer; la obra de arte que admirara en el salón de la casa paterna; la conversación del padre; el diálogo con la madre; los ejercicios religiosos a que lo entregaban con tanta periodicidad, aunque con más abundancia que el mismo recreo; las funciones de iglesia, deslumbradoras con sus hechizos de farsa teatral; la historia de santa Teresa, repetida y cantada por todos los labios, apoplética, desfigurada, deforme, elevada de pronto desde la aleluya a la epopeya, rematada siempre por exclamaciones semejantes a estrofas; todo, completamente todo, hasta la luz, hasta el aire, eran cómplices del crimen concertado por los padres de Manolito la tarde en que decidieron dañinamente entregarlo o abandonarlo al sacerdocio católico. Una combinación de circunstancias tan múltiples como las que se conjugaron para el establecimiento del imperio en Roma.

Nunca, jamás, en ninguna circunstancia de la vida, las catástrofes de los individuos o de las colectividades obedecieron a una causa única. Son siempre originadas por una larga serie de sumandos procreadores. Lo que ocurre es que, en Historia como en Aritmética, los elementos homogéneos se suman, y es el total lo que preocupa la atención

de las generaciones. El total, que en la historia de la humanidad se llama la fundación de las primeras nacionalidades,
la invasión de la gente del norte en el siglo V, la gran albora-
da de la Reforma en el XVI y que en esta historia individual
que voy refiriendo se llama «la inmolación cruenta de un
niño a los fanatismos de sus padres».

En lo que a mí atañe, creo ardientemente que ese es un
hecho que vale la pena de ser referido. Lo publico, pues.
No fuera más que porque afirma el documento humano,
inagotable y eterno, y ya no sería completamente inútil la
empresa de lanzar a la circulación este libro.

No eran pródigos en nada, ni en sensibilidad, ni en inteligencia, ni en dinero los padres de nuestro protagonista[5].
Eran, por lo contrario, como pertenecientes a una humanidad puramente de munición, temperamentos perfectamente acomodados al gusto medio, a la medida proporcional
de todos.

Ni buenos ni malos en absoluto, ni inteligentes ni bestias:
una pareja humana, macho y hembra, viviendo sobre la
tierra en que habían nacido, indiferente a cuanto pudiera pasar más allá del horizonte sensible que limitaba su

---

5. Otra característica del naturalismo, muy presente en las novelas de Alejandro
Sawa, es el determinismo, esto es, cómo los orígenes familiares del individuo deter-
minan absolutamente sus circunstancias vitales sin apenas posibilidad de sustraer-
se. En los párrafos siguientes, el autor describe los orígenes familiares de nuestro
protagonista, que marcarán su destino irremediablemente.

vista, y feliz con la obsesión de la gloria en el Cielo y con la posesión del pan en la Tierra; comiendo todo lo que tenían necesidad, hasta quedar hartos, y rezando todo lo que habían menester, hasta quedar tranquilizados y contentos. Autómatas que solo eran capaces de ser peligrosos a causa del cerebro. Inofensivos, si no, como los arbustos o las bestias domesticadas.

No eran pródigos, no lo eran por antecedentes hereditarios, por temperamento y por rutina, y realizaron sin embargo el prodigio de saltar, por el solo impulso del fanatismo religioso, desde la tacañería hasta la prodigalidad más insensata, en homenaje de amor a Manolito.

De París, de Viena, de Roma, llegaban a la estación de Ávila todos los días cuantos juguetes religiosos pudo soñar la fantasía de un principito enfermo: altares completos, vasos sagrados, atriles, monigotes de madera y de yeso representando a todas las celebridades del santoral católico; chirimbolos de metal con adornos de talco; cromos, candelabros y hasta una araña de cristal soberbia para que pendiera del centro de la capilla e iluminara con los resplandores de sus veinticuatro bujías las solemnidades del culto. Toda la gente de buen sentido comenzó a escandalizarse de esto en Ávila y en diez leguas a la redonda.

Los padres de Manolito eran demasiado débiles. Aquello era sacrílego: no debía reducirse a Dios al tamaño de un juguete. Pero don Francisco y doña Juana dejaban hablar. Demasiado sabían a qué atenerse. La gente chillaba, porque en Ávila no se conoce otra ocupación para el dinero que la de esconderlo en el fondo de los arcones antiguos. Pero sirve también para muchas cosas más, y entre otras, para comprar balas contra la impiedad, que tanto vale el hacer decir misas de a duro en todas las iglesias, y el fomentar las inclinaciones religiosas de los chicos. Además de que a esos repulgos sublevados, como a casi todas las declamaciones de este bajo mundo, se les podía decir en son de mofa y seguros de no equivocarse: «¿es envidia o caridad?».

Oh, sí, envidia —¿qué tenía que ser?—, ¡envidia seguramente!

Aquellos fueron sus amores, los grandes y supremos amores de la vida del niño: la parodia del culto.

Puede afirmarse que no aprendió a leer sino para creerse, allá en las ambiciones inocentes de su casi-conciencia, más completamente sacerdote, con la mirada desparramándose sobre las páginas del libro que simulaba el misal, que no ignorando la interpretación de los signos del pensamiento escrito, como un profano de los campos.

Allí, postrado en oración ante el altar mayor de la capilla, con los brazos en cruz como un malvado que pide perdón de sus abominaciones al Dios de los Cielos, y con la cabeza distendida violentamente hacia lo alto por las inspiraciones del éxtasis, podría aquel niño ser más vicario de Cristo en la Tierra, por ser niño y por ser puro, que el Papa de Roma en el instante mismo en que bendice con el extremo de sus índices, desde la más sagrada cámara del Vaticano, los cuatro extremos cardinales del Orbe, rodeado de su fastuosísima corte, vestido de raso, ornado de pedrería, grande, sin embargo, con toda la magnitud de los tiranos.

Amó en Cristo y en la Virgen a las dos representaciones más hermosas y más humanas del Catolicismo: el genio y la belleza. Y parecido a un disidente de los primeros tiempos, negole la oración y el culto a todos los santos que no hubiesen tenido intervención en la espléndida iniciativa religiosa terminada para el Cristo con el drama del Calvario. La capilla de Manolito no resultaba, pues, un Empíreo[6] completo, porque de ella estaban desterrados a perpetuidad, por impotentes y nulas, todas las celebridades del *Año Cristiano*[7], excepción hecha de los doce apóstoles, de los ascendientes de Jesús de Nazareth y de María Magdalena.

Un Padre Eterno alemán, de barro pintado, con tamañas barbas blancas que le llegaban hasta el ombligo, fue hecho añicos por Manolito apenas desenvuelto del cajón en que venía, negándose, después de roto el muñeco, a dar más explicaciones que las que estaban contenidas en el hecho de romperlo. Lo había roto por feo y porque no se debía rezar a eso, ¡se acabó! Y que no le volvieran a mandar semejantes adefesios, porque no los quería para nada.

Ahí quedaron limitadas todas las razones que lograron sacarle del pensamiento.

Con la edad, sus ímpetus religiosos fueron calmándose. No es que volviera la espalda al altar, pero sí que se olvidase muchas veces de echarle aceite a las lámparas de la capilla.

Amó entonces a la Naturaleza con los entusiasmos irreflexivos de la adolescencia, pero con la ternura también de los organismos viejos, traqueteados por la desgracia, que buscan en la vida del campo, más que agentes químicos con que reforzar los desgastamientos del cuerpo, agentes morales

---

6. Hace referencia al cielo y al paraíso.
7. *Año Cristiano. Ejercicios devotos para todos los días del año* es una colección de doce tomos, uno por cada mes del año, en la que se recogen las vidas de los santos. Fue recopilada en francés por el padre Jean Croisset (1656-1738) y traducida al castellano por el padre José Francisco de Isla.

con que vigorizar el ejercicio de la conciencia, maltrecha y dolorida por los innobles combates que forman la crónica diaria en los sitios habitados por el animal humano. Pero, relleno de espíritu religioso por todo su cuerpo, amó a la Naturaleza, a las soberbias vegetaciones y a los humildes arbustos, a las planicies y a las montañas, porque detrás de todo eso, de todas las cosas de la vida, veía a Dios, al Dios de la casa paterna, envuelto en resplandores de talco sobre el altarcito de la capilla, y porque era ese Dios quien tenía en su poder las dos grandes sentencias del Cielo y del Infierno.

¡Bien desdichado el que no le hiciera homenaje de toda el alma para gozar de la gloria en el santo Cielo un año, y dos, y tres; una eternidad de tiempo; más de cien años, como si dijéramos...! ¡Y luego, las llamas del Infierno! ¡Qué horror y qué vergüenza! ¡Entre los réprobos!

Lo habían amantado[8] con esas ideas; iban disueltas en la leche que le dieron a mamar de niño; formaban parte de su organismo de hierro, de su sangre, de la cal de sus huesos.

Amar a Dios sobre todas las cosas. Ante los ojos fanatizados de la pobre criatura se combinaban las estrellas del cielo, como por arte sobrehumano, hasta formar con letras de fuego, que temblaban sobre el firmamento, la inscripción del primer mandamiento de la ley de Moisés: «Amar a Dios sobre todas las cosas». Y lo amó arrebatadamente, con exclusión de otros amores superiores, rellena la fantasía de visiones luminosas, que eran todas ellas promesa formal de conquistar el Cielo.

---

8. Así figura en el original, aunque no está claro si fue la intención del autor utilizar este verbo con el sentido de «cubrir a alguien con una manta», o se trata de un error tipográfico y quiso decir *amamantar*.

25

Fue un idilio que corrió parejo con la estación en que se desarrollara. Nació y vivió con la primavera. Murió con ella también, porque el tiempo avanzaba, y no en balde, para el espíritu de Manolito.

A los diez años todavía se puede amar a Dios hasta el punto de encenderle luces sobre los altares. A los catorce, el culto a la Divinidad comienza a debilitarse para dar plaza al culto de la Naturaleza. Y más adelante..., ¡oh, sí!, las páginas de un libro, una botella de buen vino y el regazo tibio de una mujer hermosa, o que nos lo parezca, atraen siempre más, con mayor energía, a la criatura humana, que esos otros amores fríos con la Divinidad, ¡fríos hasta el punto de dar apariencia de hombres helados a los seres que se le consagran!

Decidieron que fuera cura: ya sabía Manolito leer y escribir, y ya podía, de consiguiente, entrar en el seminario. Pero llegado el momento de la despedida, la madre, sin resignación bastante para separarse del pedazo aquel de sus entrañas, solicitaba y obtenía de su esposo una nueva prórroga, que iba alargándose así indefinidamente un mes y otro y otro, entre incertidumbres que eran una mortificación por adelantado de los tormentos de la ausencia.

En este ínterin murió el padre, y doña Juana, que ya venía de antiguo muy achacosa, no quiso desprenderse del hijo que, muerto don Francisco, había llegado a constituir toda su familia. Muy creyente, sí, pero muy egoísta también. Y en esta lucha de sus creencias con sus afectos, si es que hubo lucha, vencieron sus afectos, por ser aquella mujer tan completamente terrena que nunca se le ocurrió mirar hacia arriba para nada.

Manolito sería cura, pero solo entraría de alumno interno en el seminario cuando ella muriera. ¡Ay!, muy pronto, de consiguiente. Ella notaba una grieta más en su cuerpo por donde a todo placer pudiera escaparse la vida a cada nuevo día que pasaba...

Notó que se moría, y no quiso marchar sin poner en orden su maleta para el viaje eterno.

Quiso antes dejar sus cuentas arregladas con Dios y con los hombres. Hizo testamento y se confesó.

Como toda su fortuna era consistente en bienes inmuebles, las formalidades transmisorias fueron bien sencillas: hizo testamento privado, en el que apenas tuvo que intervenir la curia para nada: dejaba un fuerte legado con destino al seminario para el día en que Manolito celebrara misa por primera vez, y hasta sesenta mil duros en moneda, de los que cinco mil habían de emplearse en la celebración de misas por el sufragio de su alma y la de su esposo, otros cinco mil para los gastos seminarescos de su hijo, y el resto, un millón de reales, para que le fuera entregado a Manolito el día en que, hubiera recibido o no todas las órdenes del sacerdocio, cumpliera los veinticinco años de su edad.

Otra de las cláusulas que formaban el testamento privado de la buena señora declaraba a don Juan Cedena y Godínez, rector del seminario conciliar de Ávila, como depositario de la expresada suma de sesenta mil duros y como tutor y curador exclusivo del huérfano.

Cumplidos esos deberes postreros, doña Juana se tendió para morir.

Así pasaron seis meses: en una lenta agonía de la madre y en un extraordinario apuntamiento de vida en el hijo.

Completamente desarrollado por fuera, verdaderamente hermoso, la obra de formación interna, la formación de su conciencia, vino a hacerlo completo. El desarrollo del cerebro se unió al de los músculos, y aquel niño quedó convertido en una fuerza.

Fue entonces, claro está, cuando comenzó, aunque tímidamente, a formular su protesta contra todo lo que le rodeaba. No hallaba a Dios tan bello como en los años de la niñez, y no lo hallaba sobre todo tan justo como sería de desear en el que lo ha creado todo y dispone la caída de la hoja del árbol que la sostiene.

Se dijo a sí propio que más allá de las montañas que limitaban su vista cuando acertaba a pasear por los alrededores de la población, debería haber más tierra, más cielo, hombres y mujeres quizá distintos en su complexión y en sus costumbres que los de Ávila; y pensó también algo vagamente, como quien vacila, pensó que no puede ser el destino del hombre sobre la tierra vivir siempre estacionado en el mismo sitio, contemplando los mismos horizontes, respirando la misma proporción de agentes químicos en la atmósfera, mordiendo los mismos alimentos, formando parte de la misma organización de costumbres; y todo eso, más que como quien tiene dos piernas admirablemente conformadas para la locomoción, como quien cría raíces en el suelo, hasta quedar clavado en él a semejanza de los vegetales y haciendo la misma vida orgánica que ellos, salvo escasas diferencias.

¡Ah, no!, y luego que el primer libro de Geografía con que toparon sus manos fue una espléndida revelación, tan brusca, que le hubiera hecho gritar «¡tierra!» como a un navegante, si en vez de buscar la verdad, se hubiera lanzado a buscar una isla cualquiera allá en el fondo de ese océano que solo conocía por las finísimas ondulaciones de azul con que lo indican en los mapas.

¡No! ¡Ni Dios ni Ávila! Una y otra cosa, o las dos a la vez, si era preciso, pero a condición de que no pretendieran ser exclusivas en el culto ardiente de su alma. Fuera de las ciudades están los campos, y más allá otras ciudades, y luego otras, y más allá otras, y siempre así, indefinidamente...

Hacerse ciudadano de una sola vale tanto como sublevarse contra la humanidad, ingresando de golpe y porrazo en los dominios de la botánica. Se deja de ser hombre para transformarse en arbusto. Un arbusto humano, si se quiere. Pero la vida es el movimiento, y no es quien más ha vivido el que ha sumado en su existencia mayor número de años, sino aquel que ha visto más cosas. ¿Quién habla, pues, de permanecer siempre en el mismo sitio, sin declararse, solo por eso, estúpido y rebelde?

¡Ah, no; él no quería el seminario ni el sacerdocio; él no quería ser un elemento bestia y ciego de la Naturaleza! Quería la libertad, y se la pedía a Dios de rodillas, con lágrimas en los ojos, todas las noches, desde la alcoba inmediata a aquella en que su madre fenecía.

29

Sí, creía ciegamente en Dios, continuaba creyendo en él, y ansiaba su gloria, y se retorcía como un epiléptico solo ante la visión del Infierno. Pero por eso mismo no lo quería por adelantado, desde la misma tierra. Y el seminario era una prisión, y una prisión puede ser muy semejante a un infierno; que no se mide la felicidad en las cárceles por lo espaciosos que puedan ser los calabozos.

¡Ah! Si su madre no estuviera enferma, si no la viera postrada en la cama, qué poco tiempo tardaría en decirle: «Vámonos, mamá; vámonos de Ávila, que el mundo no es el espacio cercado por las murallas de esta población en que vivimos. Vámonos fuera, adonde usted disponga, y luego a otro sitio, y después a otro, hasta que nos cansemos de dar tumbos por la tierra indefinidamente. ¿Para qué sirven esas monedas doradas que esconde usted con tanto afán en el arcón de mamá abuelita si no es para que ellas nos permitan satisfacer nuestros deseos? He leído en los libros que hay tierras donde alumbra un sol más nuevo que el de aquí, y en las que florece el dátil y el limón y la naranja, y yo no sé cuántas cosas más de las hermosuras que Dios cría. Vámonos pronto a cogerlas nosotros mismos de sus propias ramas. Yo sé positivamente que no se ha de ofender mi Dios por eso; y, además, mamá, mamá mía, yo no quiero ser sacerdote. Ese traje negro, compuesto de faldas como el de las mujeres, me da tristeza el verlo. Mira, tienta aquí, en los brazos. ¿Ves qué duro está? Es que no han nacido para levantar objetos tan poco pesados como la hostia de redención o el cáliz; es, mamá, que a mí no me gustaría el que me detuvieran los chicos en mi camino para besarme las manos, porque yo no las puedo conservar puras toda la vida; ¿o es que te empeñas decididamente en que yo me vista con uniforme? Bueno, pues seré militar; seguiré la carrera de las armas. ¿Quieres, sí? Porque yo te juro que me habías de ver por esas calles vestido de general, montado a caballo...».

¡Ay, pero desgraciadamente no fue posible! Doña Juana se moría por instantes, y Manolito no quiso hacer de su lengua un puñal con que dar muerte. Se calló. Y como su madre podía morir de un momento a otro, declarada en inminente peligro por los médicos, se encerró en la casa decidido a no salir de ella hasta que vinieran a arrancarlo para el seminario, hosco, sombrío, completamente disgustado de la vida antes de haberla vivido, y como no le era posible alentar sin dar ocupación a la inteligencia, sin leer algo, sin ocuparse en algo, cogió a la ventura el primer libro con que toparon sus manos en la reducida biblioteca paterna. Era un excitante, ¡para él, que estaba enfermo de fiebre!: *Los viajes del capitán Cook*.

Dos días después moría su madre, exigiéndole la promesa, entre ansias y congojas y estertores, de que, según su voluntad y la de su padre, abrazaría el sacerdocio.

Él juró, como juran los niños en los momentos graves, con una sinceridad enorme, darle gusto en lo que le pedía.

Al día siguiente ingresó en el seminario.

Aún quedaba en casa el cadáver de aquella mujer que lo había parido, rodeado de blandones y velado por extraños. ¡La última ofrenda...!

II

INGRESO EN LA SOMBRA

Entró acompañado del rector del establecimiento. Durante el trayecto volvió repetidas veces la cabeza, como para despedirse mentalmente, con toda su alma, otra vez más, de aquella triste y pálida mujer que, con las manos agarrotadas sobre el pecho sosteniendo el crucifijo, tendida trágicamente panza arriba en toda su extensión sobre el fondo de su caja de madera, abiertos los ojos, desencajada la boca por el último estertor, con el vientre abultado como el de una mujer preñada de nueve meses, quedaba allí en la más grande habitación de la casa, abandonada al cuidado banal de los dependientes de la funeraria, como si aquel cadáver de una que fue mujer no hubiera dejado ningún rastro de amor por el mundo..., como una de esas mendigas que se agotan en las camas de la beneficencia pública...

Pasaron directamente a la secretaría.

Allí el rector presentó al nuevo seminarista a dos curas que, con los bonetes tirados hacia atrás y las faldas de la sotana levantadas, jugaban a la brisca.

—Este es el hijo de esa pobre señora que vamos a enterrar esta tarde, ya sabéis, de doña Juana. Y estos dos señores —añadió dirigiéndose a la malaventurada criatura y señalando la pareja de presbíteros—, son dos catedráticos de la casa que tienen el encargo de enseñar a los niños inteligentes muchas cosas buenas...

Aunque a gran distancia de toda la realidad que voy describiendo, el niño se inclinó ligeramente.

Uno de los sacerdotes preguntó:

—¿Te gustaría ser cura? ¿Vas a seguir la carrera?

Respondió afirmativamente con un movimiento de cabeza. Le ahogaba la angustia. No podía hablar. Aquellos brutos no lo comprendían. ¡Ay, aquella madre de su alma a quien dejaba sola...!

—Aquí te vas a encontrar con muchos amiguitos. Tenemos infinitos niños de tu edad con los que harás seguramente buenas migas... Ya verás... Aprenderás latín... y tendrás tus dos horas de recreo todas las tardes... Luego, los domingos, ¡a soltar los libros y a coger la beca[9], y al campo con ella a esparcir el ánimo! ¡Vas a estar mejor que en tu casa!

¡Mejor que en su casa! Ya no pudo contenerse. Rompió a llorar convulsivamente.

—¡Vamos, tonto, no te aflijas...! —y luego, como quien recuerda...—. Pero es natural... ¡Su madre!

El más joven de los dos sacerdotes que jugaban sintió en el pecho ese dolor que experimentan los hombres a presencia de una desgracia cualquiera, mucho más intenso cuando se trata de la desventura de un niño. Se levantó del asiento que ocupaba y cogió al sin ventura una de sus manos, completamente mojada por la abundancia de las lágrimas. La estrechó

---

9. Beca: banda de tela que, como distintivo colegial, llevaban los estudiantes plegada sobre el pecho y con los extremos colgando por la espalda, y que hoy solo se usa en ciertos actos. (*Diccionario de la Lengua Española*, 23.ª ed., 2014).

contra su pecho como un hermano mayor que sabe por experiencia el infinito consuelo que puede caber en una caricia, y lo besó en la frente, compadecido de aquella pena tan bien sentida y tan sincera...

—Vamos, hijo mío, hay que resignarse. Dios lo ha querido. Pero tu madre era una santa, y ya estará en el Cielo... Ya ves, ha tenido la muerte del justo...

¡La muerte del justo, sí, porque fue la suya una agonía por consunción, después de seis meses de estar expirando!

Y a cada instante, como un estribillo obligado, la misma eterna y monótona canturía...

—Ya estará en el Cielo... Ya estará en el Cielo...

—Sí, ya estará en el Cielo —podía haber contestado la pobre criatura si hubiera tenido conciencia entera de lo que le pasaba—; ya estará en el Cielo, pero yo, ¿qué es lo que me voy hacer solo, y abandonado, y sin experiencia, y entre ustedes? ¿Qué es lo que me voy a hacer sobre la Tierra?

No dejaba de llorar: siguió llorando. Como una hemorragia que no puede contenerse, las lágrimas acudían a los ojos del niño con tanta abundancia, que bien claramente se adivinaba que no dejaría de llorar hasta que quedara exhausto de ellas. Estaba herido por dentro y vertía la clase de sangre que es propia de ese género de heridas. Se debilitaba a todas luces, pero no había ninguna ligadura capaz de fundir los extremos de la arteria destrozada. Hubiera saltado sin remisión al ímpetu de la sangre que el corazón azotaba desesperadamente fuera del organismo...

35

Vencida la crisis, sofocado el sollozo, y los ojos impotentes ya para llorar, el niño volvió a caer sobre el mismo asiento de que la violencia del dolor lo levantara. Quedó rendido, y helo ahí todo. Es el mismo sentimiento de angustia, puramente física, con que reposan los náufragos sobre la arena.

Dejó de pensar en su madre, en su casa abandonada, en las tristezas del nuevo hogar semejante a un castigo, donde, a partir de los momentos aquellos, se vería forzado a dejar que se consumiera su vida; dejó de pensar en todo, indiferente y estúpido; y en aquel cerebro, donde la idea se había hospedado como señora y castellana, no quedó sino un vacío tan completo que daba lugar a creer si las lágrimas serán para los que las derraman sintiendo como una especie de poderoso ácido de la inteligencia. Se hizo la paz en su conciencia por modo tan absoluto como si le hubieran segado la cabeza.

¡Entonces, es que ya está completamente tranquilo! Y creyéndolo así, el rector invitó a uno de los sacerdotes a que acompañara al niño por todas las dependencias del seminario, de suerte que quedara iniciado en las interioridades de su nueva casa.

No era eso precisamente lo que deseaba Manolito, pero sí era algo de eso. Quería salir de la secretaría, perder de vista, aunque solo fuera por unos momentos, a aquellos sayones fúnebres que lo habían arrancado violentamente, casi cogiéndolo por la cintura y tirando de él con fuerza, del lecho mortuorio en que reposaba la madre de su alma, ¡ay!, tan muerta, tan completamente muerta, que había podido presenciar la escena con la irritante pasividad de lo inorgánico, sin incorporarse en su ataúd para gritar desaforadamente, como se gritan ordinariamente esas cosas:

¡eh, socorro, venid en mi ayuda; socorro, que me roban a mi hijo y no sé en qué se proponen convertirlo estos espantosos hombres negros que rodean mi lecho! ¡Socorro, que yo no me puedo valer, sola como estoy, y vencida por la muerte para siempre! Pero continuó inmóvil y tranquila, sin otra actividad que la de la fermentación con que principiaba a descomponerse su cuerpo[10].

Aquella masa de carne insensible y fofa que había dejado en el féretro ya no era su madre, sino todo lo contrario de eso, la negación de su madre; y por eso habían podido arrancarle violentamente de su casa los hombres negros del seminario, sin que ninguna voluntad humana se hubiera presentado para socorrerlo.

Al salir de la secretaría lanzó un gran suspiro de satisfacción. ¡Ah, es que al aire libre, llevando alguna extensión de cielo sobre la cabeza, los estados pasionales ceden en su violencia, como determinados que están casi siempre por la aspiración pulmonar del nocivo miasma humano! Por eso es propio de la desgracia buscar sus habitaciones en los sitios donde no anidan ni aun las aves de aletear más poderoso, en los altos picachos de las sierras y en los barrios más apartados de las poblaciones. Lo que es que la desgracia no siempre puede...

---

10. En toda la novelística de Alejandro Sawa abundan las descripciones realistas de los distintos aspectos y comportamientos del cuerpo humano, en ocasiones tan específicas como si de un informe médico se tratase. Esta práctica sigue los presupuestos de la novela naturalista, muy apegada al cientificismo que defiende la ciencia como única forma de conocimiento, frente a otros postulados basados en la fe.

Era ya tarde; el día iba de vencida; habían terminado de consiguiente las horas de clase, y así es que pudieron recorrerlo todo, visitar todos los rincones del calabozo.

Mostrole el sacerdote al niño en primer término los sitios de recreo, dejando para último lugar las habitaciones de trabajo y tormento. El jardín era alegre y espacioso, lleno de ambiente, protegido en la longitud de su área por altos murallones de piedra berroqueña y cemento romano, coronados en toda la extensión de su superficie por guijarros puntiagudos y cachos de vidrio roto. Estaba constituido en su primer término por una especie de parterre de calles enarenadas y simétricas, semejantes a las avenidas de los parques de recreo, y limitado allá en el fondo por una gran extensión de terreno dedicado a huerta: abundaban en ella los árboles frutales y toda clase de hortalizas, de modo que la alimentación de los asilados en el seminario era esencialmente frugívora, como la de los animales rumiantes... Y a pesar de que el jardín no debía de tener una cuenta corriente muy activa con la Naturaleza, según lo despreciado que estaba por ella, era tanto lo que la mano del hombre le había añadido, y quitado, y vuelto a poner, que en Ávila era legendaria la fama de que un obispo había llamado al jardín aquel *su paraíso*... ¡Y bien que servía para dar de comer a los muchachos y para divertirlos en las horas de recreo, haciéndoles olvidar las insoportables tristezas, las grandes miserias de la clausura!

Contemplándolo, se sintió Manolito reconciliado con la vida.

Y cuando, para continuar haciendo su viaje de exploración, se vio forzado a volverle la espalda, lo sintió como quien se separa de un amigo, y tornó a cubrírsele de sombras el pensamiento.

La hora de comer —¡oh, la vida en común, como en las cárceles y en los conventos! ¡Sobre ciento cincuenta seminaristas rodeando la mesa del refectorio!— fue más triste, si cabe, que las consagradas al descanso y al sueño. No pudo probar bocado, llena de nudos la garganta, congestionada la cabeza con los recuerdos del hogar paterno. ¡Aquel comedor tan limpio y tan alegre, donde no hubo una sola comida que no pareciera una fiesta!

Estaba la mesa presidida por el profesor de guardia. Los inspectores recorrían pausadamente el comedor, llevando las manos cruzadas a la espalda y cuidando de que no se turbara el orden disciplinario, mientras que de lo alto de una tribuna, colocada en el centro justo de la pieza, la voz gangosa de un interno daba lectura al capítulo del *Año Cristiano* que era correspondiente al día aquel; y luego, concluido el capítulo y para no dejar sin ruido molesto a los comensales, seguía leyendo trozos de los Evangelios, elegidos por el azar o la preferencia, o insoportables ya a fuerza de sabidos y resabidos, sin auditorio muchas veces, sin auditorio casi siempre, preocupados exclusivamente los alumnos por el plato que tenían delante de las narices.

Tras la cena vino media hora de recreo.

Luego rezaron todos las oraciones de la tarde, y a las ocho, el *estudio*, también en común, vigilados de cerca por los profesores de guardia.

A las diez y media ya no se permitía luz encendida en el dormitorio de los alumnos, a menos que hubieran llegado a ciertos grados superiores de la carrera.

Todas estas aplicaciones del tiempo se anunciaban por medio de campanadas. Habían sustituido con una gran campana, colocada en el patio central de la casa, los clarines de los regimientos.

Ya en la cama, con los ojos completamente abiertos en el espesor de las tinieblas, sintiendo sobre la carne el contacto de unas sábanas que no eran suyas, en aquella cama, que tampoco era suya, perteneciente todo a una subsistencia alquilada, tuvo una mayor conciencia de su propia miseria, y lloró con más abundancia todavía que algunas horas antes. ¡Entonces es que las lágrimas son infinitas!

Evocó luego el recuerdo de la muerta, que en aquellos momentos sufría su primera jornada de abandono debajo de la tierra, en una especie de horrible noche de bodas con la eternidad, y obseso con ideas cuyo simbolismo era completamente fúnebre, tuvo miedo y llamó, llamó a gritos en solicitud de auxilio, horrorizado de las visiones de su pensamiento, en ropas menores, tan pálido como si él también se hubiera muerto. Perdió el conocimiento y fue trasladado a la enfermería.

Así pasó su primera noche en el seminario, pero a la mañana siguiente, con la fiebre que huía, vino la reacción, y ya no quedó de aquella grande angustia que parecía inconsolable sino lo que resta algunas veces, y no siempre, de los hechos humanos más imponderables de grandeza: el recuerdo, acompañado de la crítica o de la indiferencia.

III

ET LUX FACTA EST[11]

Han dado las ocho y va a comenzar la clase de primer año de Latín.

Los alumnos externos pasean, confundidos con los internos, por la espaciosa y fúnebre crujía, en uno de cuyos extremos se encuentra el aula a que pertenecen. Por fuera hace un día magnífico, pero en aquel interior de tumba es una medrosa luz crepuscular la que apenas si acierta a alumbrar tímidamente las personas y las cosas.

Es el mes de marzo y hace allí un frío de diciembre: son las ocho de la mañana y parece el oscurecer de un día nublado. Sin embargo, la juventud, que donde halla un cacho de terreno en que realizarse se manifiesta toda entera, hacía subir en muchos grados la temperatura, con ese calor puramente animal, que, semejante a un vaho, deja salir a la continua de sus poros; y sobre todo, y más que por eso, por la esplendidez con que representaba a la vida universal y eterna en aquel fúnebre edificio, que hacía pensar vagamente a los que se internaban por sus tinieblas en las tumbas de los faraones, grandes como montañas, seccionadas por dentro como las ciudades.

---

11. Y la luz se hizo.

Sin embargo, en las actitudes, en el mesuramiento de los pasos, en la tonalidad acobardada con que se emiten las palabras, se echa de ver, bien claramente, que en aquel instituto, o cárcel, o lo que sea, la juventud está prohibida como un pecado de los más gordos.

Hay fuego en casi todas las pupilas... ¡Cómo no a los catorce y dieciséis años! Pero los ojos miran al suelo, y no parece sino que la ocupación de aquellos jóvenes consiste en contar los ladrillos de que está formado el pavimento de la crujía.

Se hablan unos a otros al oído, con la menor cantidad de gestos posibles, los últimos chismes de la casa, y algunos llevan su seriedad hasta el punto de pasear solitarios con el libro abierto ante los ojos, para darle el último repaso a la lección, y tal vez para aprendérsela entonces; holgazanes que todo lo dejan para el último momento.

El portero de la casa, que es un viejecito muy afeitado, amarillento de vivir en la sombra, provisto de un gran manojo de llaves, atraviesa por entre los grupos de seminaristas, sin inmutarse poco ni mucho por los «¡oh, oh!» con que es acogida su presencia, y abre la puerta del aula. ¡Allí fue Troya! Todos quisieron ser los primeros en ocupar los bancos inmediatos a la plataforma del catedrático, porque ya sabían por experiencia que era generalmente a esos a los que no les preguntaba nunca la lección. Hubo entonces la batahola que producen los rebaños y las muchedumbres humanas al acomodarse en un sitio cualquiera. Y luego... «¡Atención!..., ¡ya viene!..., ¡ya está aquí!», todo aquel ruido que cesaba por encanto.

El profesor ocupó su sitio y se frotó, como de costumbre, las manos una con otra, y luego con las dos la frente. Era ese el comienzo obligado de todas sus conferencias. Pasó después la lista con tono malhumorado: —Antonio Díaz... —Servidor. —Juan Manescán... —Servidor. —Telesforo Anguita... Aquí se hizo un gran silencio. Se hallaba ausente de la clase el alumno a quien mentaban... —Eso está bien; otra falta: ya lleva cinco; la mitad del camino andado; a la diez lo expulso de la clase.

Al citar a uno de los fulanos de su aula, antes de dar por rematada la lectura de la lista, y encontrarse con que también *había hecho falta*, el cura se descompuso de indignación, apareciendo su cabeza como congestionada. Abrió la boca, y aquello fue como si se hubiera abierto la puerta de una letrina. Todas las inmundicias de su pensamiento desaguaron en oleadas fangosas por los labios del sacerdote, convertidos ahora en verdaderos morros por la hinchazón con que los deformaba la rabia... «¡Granuja, pillo..., hijo de condenado! ¡Habrá ido a robar frutas a las huertas! ¡No he de parar hasta verlo preso!».

Había motivos para eso y para mucho más. El profesor tenía una hermana, y no hacía mucho tiempo que la había sorprendido revolcándose con el alumno que *había hecho falta* detrás de las tapias del mismo seminario, como dos animales jóvenes fundidos en amor por la lujuria. Desde entonces habíale jurado odio eterno al colegial, y eso hasta el punto de tenerle siempre señalada la cabeza con los golpes que le daba.

—Bueno, otra vez que *me* ha faltado ese charrán[12], a quien los demonios se lo coman. Pero lo que es a ese no lo expulso por mucho que *me* falte a clase. ¡A ese condenado lo necesito para mí solo!

---

12. Charrán: pillo, tunante (*Diccionario de la Lengua Española*, 23.ª ed., 2014).

45

Como si estuviera formada de una sola sensibilidad, de un solo cuerpo común de todos, la clase temblaba al unísono, aporreada por el mismo instinto de terror loco. Eran esos los días de borrascas, y en ellos siempre tenían que arrojar las olas víctimas a la orilla; siempre había angustias de naufragio...

—A ver, tú, el primero, como te llames, ¡la lección!

El niño, el *primero*, se quedó cortado. No aguardaba esa demanda *ex abrupto*...

—¡De rodillas y en cruz...! ¡Otro, el segundo...!

La misma expresión de asombro.

—¡De rodillas también! ¡El tercero, y *¡ale!*, que tengo prisa...

Y luego, con voz de trueno:

—¡Todo el primer banco de rodillas!

Era su modo de administrar justicia. ¿Y qué? En el mundo también pagan justos por pecadores. Una tempestad no distingue entre templos y lupanares. Y él no se contentaba con menos que con ser un rayo frente a aquellos pobres seres aterrados...

De pronto nombró a uno, a aquel que estaba más lejos de la plataforma. Como el milano, gustábale cernirse mucho tiempo sobre los aires antes de caer sobre su presa.

—¡Tú! ¡La lección, corriendo!

Se había levantado de una sola distensión muscular poderosa del sillón profesoral y paseaba a grandes zancadas por la amplia plataforma con el aspecto de una fiera que amenaza con escaparse de su jaula, soliviantada por cualquiera de esas grandes pasiones que acometen a las bestias[13].

---

13. Muy común es también en la literatura naturalista la animalización y degradación de determinados personajes con el objeto de resaltar sus vicios morales y presentar así

El niño, con voz tímida, agarrotada por el miedo, comenzó a decirla. La sabía.

—¡Más alto, más alto, que yo te oiga! ¿O es que tú eres de los que se creen que yo me como a los niños crudos?

Y para probarle que se equivocaba si había creído eso, lo castigó con una mayor agravación de la pena que a los otros, mandándolo hincarse de rodillas en medio del patio, los brazos en cruz y una porción de libros en cada mano, con las palmas extendidas hacia arriba...

Íbase ya a cumplir sentencia, cuando —¡caso inaudito, y que heló de espanto a toda la clase!— un niño protestó. Aquello no debía ser y no debía ser. Su amigo se sabía la lección como el primero...

Avanzó hacia la plataforma el sublevado. Nadie le había pedido tanto, y él lo hacía, sin embargo. Avanzó muy pálido, pero con la cabeza erguida. Era un interno, Manolito... Un héroe.

El mismo profesor se quedó admirado.

—Eso que ha dispuesto usted no es justo. Digo que no debe ser.

El profesor se echó a reír desde la altura de su desprecio.

—Pero ¿quién te mete a ti, monigote, a defender las causas perdidas?

—Digo que no debe ser... —repitió con firmeza, como quien sabe de memoria toda la teoría del martirio, y no la rehúsa, sin embargo—; yo seré o no seré un monigote, como usted dice, pero mi amigo se sabe la lección mejor que todos nosotros. —Y luego, de pronto, como quien en

---

la realidad tal cual es, sin disimulos. Encontraremos más ejemplos a lo largo del texto, así como un caso extremo en la novela *Noche,* obra también de Sawa, en el episodio entre don Gregorio y Lola (Amarillo Editora, 2022, pp. 111-112).

un momento de perdición halla la fórmula que salva—, castígueme usted por él, si le da a usted lo mismo.

El profesor aceptó. Aceptó por hacer más arbitrario y más riguroso el castigo. Más arbitrario, sobre todo. Viene a ser esto una parodia viva de la hazaña que la leyenda del de Trastámara atribuye a don Pedro I de Castilla aceptando la vida del hijo joven por la del septuagenario condenado a muerte.

En aquel punto mismo dio el profesor por terminada la clase, y diez minutos después ya estaba el sublevado en el calabozo, privado de la luz y del aire, como todos los redentores que se lanzan a la acción y son vencidos en la demanda.

IV

LUZ EN LA SOMBRA

Había comenzado aquella amistad desde los primeros días de su ingreso en el seminario: acababa de perder con su madre a todas las personas que pudieran interesarse por él en el mundo, y era más huérfano todavía que esas criaturitas que nacen y viven en medio de la calle, derivadas por las conjugaciones insensatas del azar y del vicio; porque al fin y a la postre, esos vagabundos cuentan con la caridad de la gente, y Manolito, encerrado entre los murallones espesos del seminario, no podía contar con otra cosa que con la crueldad del clero y aun con alguna también de los indiferentes que le rodeaban, lo cual no es un elemento muy positivo, que digamos, para vivir tranquilamente. Notábalo así Manolito, sentíalo así, desde que le fue dable hacer procesos de sus sensaciones, y ansioso de cariño como estaba, rebosando ternura por todos los espacios huecos de su cuerpo, verdaderamente pletórico de un afán de amor que lo hacía sonreír como un tonto ante el pedazo de Naturaleza que contemplaba tras los barrotes de su celda, o desde el mismo campo los días de asueto que dedicaban al paseo, al paseo procesional de los domingos, de dos en dos, muy en fila, y los seminaristas menores de dieciséis años cogidos de la mano, prestándose el auxilio mutuo de su recíproca debilidad: necesitando querer y ser querido por alguien en la

49

misma proporción de cariño que el aire lleva de oxígeno, vio en uno de sus compañeros un objeto de sus simpatías, y se dedicó a quererlo y hasta a protegerlo, porque el amigo elegido era débil y asustadizo, con todo el ardor que su naturaleza apasionada ponía siempre a disposición de cuantas empresas acometía.

Por eso lo había defendido en la clase con todo su cuerpo contra la irritante arbitrariedad del catedrático de Latín.

Tuvo Manolito, ante la presencia de aquel niño que inspiraba a las virginidades de su afecto el sentimiento de la amistad, tuvo, con ser tan fuerte, el mismo instinto ciego de las vegetaciones parásitas en el momento en que dirigen sus ramas, que parecen tentáculos, al tronco o al muro donde se proponen agotar la vida en un fuerte abrazo que no languidezca nunca. Inclinó hacia él todas sus sensibilidades, y la conjunción quedó hecha. Ya veréis cómo...

Acababa de salir de la enfermería, daba por el jardín su primer paseo de convaleciente; la tarde, con ser de otoño, era de esas que parecen como un saludo reverente y tierno de la Naturaleza al hombre. Daban ganas de vivir, y todas las desesperaciones y todas las nostalgias humanas con seguridad se deshacían tiernamente en conjugaciones entusiastas que eran una afirmación más de las armonías universales. Son las bodas de oro, constantemente renovadas, de la Naturaleza física con todos los seres animados que son sus feudatarios. El niño se creyó invitado y acudió a la cita, llamándose a la parte en la espléndida repartición de luces, de perfumes y de colores. Fue una delicia.

Al principio paseó solo, sin más compañero que un libro cualquiera, en el que no leía. Luego, a la hora del recreo, aquel jardín tan silencioso, en el que no se oían otros ruidos que los himnos que los pájaros y las hojas de los árboles parecen cantar a la vida, se llenó de una loca algazara de vocecitas frescas y juveniles, de estruendos inarticulados, de carreras tortuosas sobre la arena del parque, cuyos estruendos, fundidos en una amalgama ensordecedora, admirablemente sinfónica, solo podrían ser explicados por ideas de relación, estableciendo comparaciones: era como si en el teatro wagneriano de Bayreuth tomara parte en la representación del *Tannhäuser*, o del *Lohengrin*, o del *Buque fantasma*, o de la *Leyenda de los Nibelungos* un aquelarre completo de brujas frenéticas, descoyuntadas y sin contención posible en la carrera, como en sus fiestas de los sábados. Una amalgama tan extraña de sonidos, que hacía creer en el predominio, quizá posible, de lo sobrenatural en las cosas de la Tierra.

No conocía a nadie Manolito; no tenía el derecho de dirigirle la palabra a ninguno de sus compañeros; y así es que, retirándose de los sitios en que había mayor muchedumbre, confinado voluntario, confinado por timidez, fuese a uno de los ángulos del jardín, al más apartado que alcanzó su vista; y por hacer algo, divorciado ya por completo de aquella Naturaleza que parecía sonreír a su alrededor, abrió el libro que llevaba bajo el brazo, y leyeron en él sus ojos, sin que la inteligencia le ayudara para nada, ni aun se mostrara apercibida del grosero ejercicio de los sentidos.

Leyó mecánicamente un buen rato, y hubiera leído más tiempo, todo sin gran conciencia de lo que hacía, si no le hubiera interrumpido en su ejercicio uno de los internos, que desde hacía algunos minutos daba vueltas alrededor del banco que ocupaba Manolito, como quien tiene que revelar una cosa muy importante, y no se atreve, sin embargo.

De pronto, y viendo que Manolito dejaba de leer, cerraba el libro, el niño tomó una determinación heroica: la de dirigirle su palabra al solitario. Y ya puesto en acción, fue capaz de todas las audacias propias de los temperamentos tímidos. Díjole a Manolito todo lo que quería, de una vez, sin andarse en melindres de expresión o de frase, sin preparación ninguna.

—¿Quiere usted que seamos amigos? Yo quiero ser amigo de usted.

¡Oh! Manolito respondió afirmativamente, con toda la efusión del alma...

—¿Quiere usted que nos hablemos de tú? Es cargante eso de hablarse de *usted*, como los viejos.

Y después de estas dos preguntas preliminares, vinieron las esenciales, las que son músculo y nervio en la vida de relación de las especies humanas.

—¿Cómo te llamas?

—Y tú, ¿cómo te llamas también?

Se llamaba Federico.

—¿Te gusta? Yo quisiera llamarme Manolito, como tú... Mira, te vi entrar el día que viniste. Venías llorando, para que veas que no te engaño. Te acompañaba el señor rector. Luego entraron ustedes dos en la secretaría, y ya no salisteis de allí en mucho tiempo. En el refectorio no probaste bocado. A mí me castigaron aquella tarde porque pedí que me sentaran a tu lado. Ya ves que era amigo tuyo sin conocerte...

Quedó tan enternecido Manolito que no pudo articular palabra... Solo que le provocaba ganas de llorar el oír a su compañero, y eso le daba muchísima vergüenza... ¡El llanto siempre en los ojos, como los niños chiquitines...!

—Luego, sufrí mucho cuando supe que estabas malo y que te habían llevado a la enfermería. ¡Yo hubiera querido ir por ti, de serme eso posible...!.

¡Ah, fue un grito, un grito animal, de reconocimiento, lo que salió de la boca de Manolito oyendo aquellas palabras! «¡Yo habría ido por ti a la enfermería, si eso hubiera sido posible!».

¡Entonces es que desde aquella tarde ya no estaba completamente huérfano, como en los días anteriores! Sintió impulsos de arrodillarse. Una gran bandada de palomas blancas pasó en aquellos momentos casi rozando sobre las cabezas de los dos niños confundidos...

Hablaron luego de cosas indiferentes: de que las camas eran muy duras; de que los niños son muy crueles con los compañeros que no conocen; de que el cocinero no debía echar tantas patatas en el cocido; de que el profesor de Latín era tan malo que había hecho enfermar a dos o tres niños a fuerza de palizas, y el de Geografía también, y el de Retórica, y todos, menos el rector... ¡Ah! Pero ese, ¡porque no regentaba cátedra ninguna y no tenía trato con los seminaristas!

Hablaron también, pero a chorros, intermitentemente, quitándose el uno al otro la palabra de la boca, de cosas vagas, lejanas... De lo hermosa que sería la libertad por esos campos... De lo grande que les habían dicho que era Madrid... De batallas... Hasta que Manolito interrumpió el diálogo para decir:

—¿Sabes, Federico? He perdido a mi madre. No tengo a nadie en el mundo... Soy muy desgraciado...

¡Dios de Dios! ¡Qué horrible declaración esa, qué amarguísima arcada de bilis, en la boca de un niño que, por el hecho simplicísimo de ser niño, solo debería gustar mieles!

—¿Sí? ¿De verdad no tienes madre, ni padre, ni nadie que te quiera? Bueno, pues aquí me estoy yo, que soy capaz de quererte por todos juntos. De veras. ¿Y sabes lo que te digo? Que más vale eso, que tener, como a mí me pasa, un tío que es también cura, y que, después de haberse portado muy mal conmigo, me encierra en esta casa, castigándome por cosas imaginarias que yo no he pensado hacer nunca... Figúrate tú, bueno... Yo sé que tú no se lo vas a decir a nadie... ¡Con lo que odio a los curas!

Y después, una pausa. —¡Sí! ¡Me han hecho mucho daño, me han pegado muchas veces y me han encerrado en este sitio porque no quería ser sacerdote!

Así se fundieron aquellas dos almas.

A partir de la tarde en que quedó establecido el consorcio, sus corazones no hicieron sino acercarse un poco más todos los días. Tenía necesidad de Federico, lo necesitaba como el aire para la respiración, y así no es de extrañar que hiciera de él su amigo, su único amigo; y a pesar de que lo notaba débil y enfermo, a pesar de que lo notaba niño y completamente varón por todos los cuatro costados, insaciable de sensibilidad, no lo quiso amigo solo, e hizo de él padre y madre, y súbdito y caudillo, todo en una pieza. Hizo de él el objeto de sus ternuras, una dilatación del propio ser y sustancia. Y tuvo momentos en que, al verlo rodeado de sus compañeros de clase, le brillaron los ojos como a un dogo que teme que le arrebaten su presa. Había en ese afecto un germen fuerte de amores poderosos que habían de estallar en el porvenir, conforme fuera girando el planeta sobre su eje.

¡Ah!, él ya sabía por las revelaciones de Federico, y algo también por su propia experiencia, que lo que es con el cariño de los profesores del seminario, no tenía que contar para nada. Se le tenía en consideración porque era rico y porque el jefe de la casa era su tutor y curador; porque le guardaba una fortuna de cincuenta y cinco mil duros que había heredado de sus padres, y porque les tenía cuenta hacerle ver que el lóbrego edificio en que su juventud se agostaba era una magnífica prolongación del Cielo... Pero ¡en cuanto al cariño!... ¡Bah!... ¿Es por ventura que un sacerdote puede querer sino a la sotana que lleva puesta?

Pero pasó algún tiempo, seis meses; y después de seis meses de estancia en el seminario, después de notarse completamente solo y abandonado, no es de extrañar que la pobre criatura hubiera aprendido a pensar por cuenta propia. Careciera del poder del pensamiento, fuera completamente acéfalo, y aún le quedarían instintos para advertir en el cura al enemigo.

Llegó a tomarle horror; en sus noches insomnes, en sus pesadillas, se le aparecía siempre el espectáculo de la sotana.

Cuando se acostaba del lado izquierdo, soñaba siempre con un espantoso cura completamente de negro, que le roía las entrañas y le sorbía la sangre con delectaciones de vampiro... Iba, además, la visión del cura amorosamente unida a todos sus recuerdos desagradables...

Llegó a considerar en su espíritu, aunque de un modo vago todavía, como verdaderos sitios de maldición todos aquellos en los que viera colgados un manteo[14] o una sotana.

Se notaba congestionada la cabeza cuando se veía forzado a hablar delante de sus profesores, y aun una vez le acometió un accidente, porque estaba hablando con unos niños, a la hora del recreo, cuando volvió la cabeza y se encontró inopinadamente con uno de los catedráticos de la casa, que también formaba parte de su auditorio.

¡Ah, si todos los niños estuvieran dotados de ese mismo instinto de horror al clero, qué poca cosa había de representar la teocracia para nosotros, y qué pronto se habría de hacer el día pleno en nuestra civilización y en nuestras costumbres! Es esa, quizá, la más grande misión de los pedagogos y de las madres.

Primero había sido un instinto; luego fue un razonamiento. El cura era el enemigo. Un mazo enorme de recuerdos, todas sus impresiones del seminario, se lo probaban.

Y no porque los curas representaran al poder en aquella casa, sino porque eran malos.

---

14. Manteo: capa larga con cuello, que llevan los eclesiásticos sobre la sotana y en otro tiempo usaron los estudiantes (*Diccionario de la Lengua Española*, 23.ª ed., 2014).

¡Ni siquiera sentían compasión por la orfandad y la desgracia!

Pase todavía la arbitrariedad enorme del encierro con que el catedrático de Latín había castigado el magnífico arranque con que Manolito presentó su pecho para evitar que atropellara el profesor, con sus patas de macho cabrío y con su ceguera de animal furioso, al más digno de ser amado de todos los compañeros de la clase. Todavía podía encontrarse disculpa para la barbarie y la injusticia de aquel castigo.

Un niño no debe ponerse nunca a papitos con un hombre, y luego su protesta fue, cuando menos, un acto de sublevación contra la disciplina; el acto también de un desesperado... ¡Pero que le dificultaran las manifestaciones de su amistad con Federico!... ¡Que les impidieran ser amigos...! ¿O es que en aquella casa estaba proscrito el consuelo, relegado quizá a la categoría de una cosa bochornosa?

Era infame: se trataba pura y simplemente de una verdadera infamia. Pero ¿no veían aquellos hombres lo que hacían con eso? ¿No notaban la desgracia que iban produciendo a su alrededor?

Es que eran malos. El amor a los santos les había absorbido y agotado el amor a la humanidad. Eran malos hasta ser peligrosos.

Y luego, ¡quién sabe si los curas se vengarán en los niños de los tormentos que pasaron mientras fueron, ellos también, niños y seminaristas!

Continente y contenido, el seminario —aquella cloaca— y sus moradores —aquellos insectos tan bien hallados, viviendo de la fermentación—, todo se conjuraba y tomaba cuerpo y se apiñaba en un solo monstruo invisible, ¡pero bien fiero, bien implacable! Todo le impulsaba a la desesperación y a la fiereza de, a los catorce años, ser un sombrío protestante de la vida, un suicida probable; de todos modos, un ser mal hallado con su destino y revolviéndose en él como en una camisa de fuerza, sin más energías en el cerebro que para poder pensar que aquello que le pasaba, ¡ah, no!, no debía pasarle, ni Dios debería consentir tampoco que le ocurrieran esas cosas en la vida.

Y habiendo llegado a concretar en una sola síntesis todas estas impresiones, por lógica natural vino a su cerebro la idea de la fuga, de la fuga a cualquier parte. A cualquier parte que no fuera Ávila, en donde solo dejaba cadáveres y ruinas. A un puerto de mar en que hubiera muchos barcos, o a una población donde no pudiera alcanzarlo el brazo rencoroso de ese infame clero en que su madre lo había dejado abandonado, quizá por no conocerlo de cerca suficientemente. Y luego, una vez fuera, bien lejos —¡oh, eso sí, lo más lejos posible!—, ya sabría él componérselas para que le devolvieran todo su dinero, hasta el último ochavo.

Era mucho lo que llevaba sufrido, y quiso concluir con todo de una vez, aunque para ello fuera preciso amputarse un miembro sano.

¿Quién le dio energía para tanto? ¿Cómo pudo formarse en su cerebro la voluntad indeclinable de huir a toda costa y correr por el mundo, él, que no había aprendido otra cosa que a andar por las habitaciones de su casa, y hasta para eso cogido de la mano? ¡Ah, las energías de lo pequeño! ¡La perfecta equivalencia del *micros* con el *macros*! ¿Quién puede resolver esas cuestiones? ¿Es por ventura que hay alguien en el mundo que lleve la conciencia universal metida en el bolsillo del chaleco, como un reloj o como un portamonedas?

Se fugó, y eso es todo. Pero antes libró cruenta batalla consigo mismo... Ese desventurado amigo suyo, a quien quería tanto, ¿qué iba a ser de él, solo y débil, y abandonado también por sus parientes, y con la nota peligrosa de haber sido amigo del desertor, del hereje...? ¿Qué iba a ser de él? ¡Dios mío!

En poco estuvo que abandonara su determinación diez minutos después de haber decidido llevarla a la práctica con todas sus consecuencias, obseso ahora con el recuerdo de ese pobre amigo suyo a quien iba a dejar abandonado...

Y pensó en voz alta, obedeciendo a la marea de remordimientos que sacudía lo más íntimo, lo más sensible de su cerebro... «¡Oh, no, lo que nosotros nos hemos jurado es una cosa muy distinta de eso!... ¡Tan distinta como lo son el día y la noche! ¡Nos hemos jurado consuelo, y auxilio y cariño, no separación y abandono; nada de lo que yo pienso hacer ahora! ¡Eso es desertar y faltar a un juramento!».

Traición y perjurio.

V

A MUERTE

La noticia cayó en el seminario estruendosamente, provocando la admiración de todos.

El caso tenía precedentes, sin embargo; pero no por eso disminuía su gravedad en un solo ápice. Esas fugas desoladas a través de las calles, con que los niños lanzaban su grito de protesta contra el régimen inquisitorial de la casa, se repetían todos los años con desoladora frecuencia. Y aun hubo uno en que el mal revistió todos los caracteres de una epidemia. Se fugaban por escuadrones organizados, en tropel, como los rebaños perseguidos por los lobos, y hubo precisión de reforzar la vigilancia en todas las puertas que daban al exterior, para entorpecer las fugas. ¿Adónde iría a parar eso? Pero ahora el caso era distinto.

No era solo Manolito el que se iba, sino que con él salían de las cajas del establecimiento una porción de miles de duros, y del bolsillo particular del rector hasta más de un millón de reales, que ya tendría destinado seguramente a cualquiera de sus innumerables aplicaciones. La gravedad del caso hizo que se reuniera el claustro para convenir y tomar disposiciones.

La reunión se celebró en el rectoral del establecimiento: visto de cerca, aquello parecía un pelotón de inquisidores juzgando a un reo de fe; a distancia, podría ser comparado con una bandada de cuervos deliberando acerca del pedazo de mundo en que pudiera haber ocurrido una catástrofe, donde hubiera montones de carne muerta que devorar y hacer trizas.

La ausencia absoluta de todo color que no fuera el negro, el negro de las sotanas y de los manteos, aumentaba la miseria insoportable de aquella reunión, cuyo objeto no podía ser otro que el de negar la vida; así, secamente, negar la vida, levantándose en facción contra la Naturaleza.

Eran catorce: uno más que los apóstoles antes de la traición de Judas.

En el sillón presidencial tomó asiento el rector. A su derecha, el secretario del seminario; y a la izquierda, el que hacía de ponente, aquel mismo catedrático de latinidad partidario de la máxima de que «en el mundo deben pagar justos por pecadores». Sobre la mesa, y a estilo de lo que acostumbran los tribunales civiles, lo que en jerga curialesca se llama el *cuerpo del delito*, la carta que el fugitivo escribió a su camarada del seminario en los mismos instantes coincidentes con la fuga.

La carta. ¡Aquella gran amenaza! ¡Todas las trompetas del juicio final sonadas al unísono y a la continua por los ángeles desesperados y casi locos! ¡Una tempestad que se venía encima!

Se quitaron los manteos, colgándolos en las perchas que a prevención había clavadas en una de las paredes, y principió la junta. El ponente comenzó a hacer uso de la palabra. Se expresaba con beatitud, y hacía con la cara el mismo gesto del que escupe un hueso que le incomoda, al emitir ciertas palabras de pronunciación fuerte. Bajaba los ojos ante las erres, y las equis le hacían temblar las carnes de espanto, instintivamente. Resultaba de esto que, cuando hablaba, era a las veces un beato y a las veces un convulsionario.

—Señores, ya sabéis de lo que se trata. Eso me ahorra palabras, y a vosotros el disgusto de escucharme más tiempo. Se trata de un grave motivo de escándalo que acaba de ocurrir en esta santa casa... —aquí se interrumpió poniéndose encarnado hasta la raíz de los pelos; no se sabe si fue rubor o indignación lo que le acometió en aquellos momentos—. Un niño que habían confiado a nuestro sagrado depósito, un niño que estaba destinado por voluntad expresa de sus padres a formar parte del mismo batallón sagrado, al cual, aunque indignamente, pertenecemos; un niño... Hubo una pausa que significaba para el pensamiento lo que la disnea para la respiración; se ahogaba, le faltaba órgano para pensar, y quiso ocultarlo sonándose estrepitosamente las narices; ni aun así vino la luz del Espíritu Santo a salvarlo; y entonces, con la cara completamente congestionada de rabia, cerrando los puños y descargándolos fuertemente sobre la mesa, al igual que hacen los mozos de cuerda[15] en sus disputas de la brisca y la taberna, añadió—: Y bien, yo digo que eso es una canallada, y que ni ese niño ni nadie, entendedlo bien, NI NADIE, tiene derecho a deshonrarnos y a ponernos en evidencia ante la faz del mundo civilizado...

Ese arranque oratorio —«derecho», «evidencias», «faz del mundo civilizado»— lo calmó. Y volviendo a su modalidad beata: —¡Oh, va en ello la tranquilidad de esta santa casa! —exclamó sin inmutarse, pronunciando toda la frase de una sola vez, con gran certeza de lo que decía...

Tosió, fingiendo una irritación en las fosas nasales, que era simplemente un efecto retórico que se proponía; tosió estrepitosamente, al mismo tiempo que fingía sonarse el moco de la nariz con un pañuelo de hierbas, grande como una toalla; y repuesto de su turbación, que, como se ve, era puramente física, continuó actuando de ponente, relleno de odio, macizo de malas pasiones y sin poderlas expresar, martirizado por la torpeza y la lentitud incorregibles de su palabra.

El claustro de profesores escuchaba sin pestañear: aguardaba alguna cosa; y del catedrático de Latín siempre podía aguardarse la coz o el rayo: la coz, generalmente.

—He sido hasta ahora un simple intérprete de vuestros sentimientos. He dejado hablar a los míos, que son los vuestros también, en completo olvido del método que es necesario para colegir de la bondad o maldad de las cosas. Hasta ahora, mi tarea ha sido, creo, la de un hombre de corazón

---

15. Mozos de cuerda: personas que se ofrecían en las encrucijadas de los caminos para transportar bultos al interior de las ciudades. Se ayudaban de una cuerda y, en algunos casos, de un carretón de madera. Estos porteadores debían identificarse con una insignia y atenerse a las tarifas que la legislación vigente estipulaba para su trabajo, en función del peso, el tamaño del bulto y la distancia a recorrer.

que quiere y ama y adora a la casa cuyo pan come. Ahora voy a ser el hombre sin pasiones, suprema idealidad del compadre Platón. Vais a escucharme: el fiscal entra en juego. Siguió hablando: comenzaba la cólera a congestionarle la cabeza.

—Se trata de dos entidades, la nuestra y la suya: el seminario, y ese canalla, judío, impostor, maldito...

Otra vez el hervor de flemas biliosas que le bullían en la garganta lo privó momentáneamente de seguir hablando.

Volvió a sacar el pañuelo de hierbas, se sonó en él estrepitosamente, como de ordinario, y, ya más serenado, continuó con el mismo tono de que hacía uso en sus sermones:

—Se trata, pues, de dos entidades. Dos entidades que han venido a hacerse antitéticas: el seminario, de un lado; ese jovenzuelo medio ateo, de otro. —De pronto sacó la trompa épica guardada para los casos de apuro, y sonó con ella hasta cubrir con el ruido que producía la ausencia completa de pensamiento. Pero resultaba así más completo, porque a aquel sacerdote del Dios de paz y de consuelo le sentaban bien el casco y la armadura—: ¿Es que quiere la lucha? ¡Pues a luchar! ¿Es que nos tira a la cara un guante de desafío para provocarnos? ¡Pues nosotros recogemos el guante y aceptamos la provocación...! ¡Así fuera contra todas las hordas del Infierno! ¡Ah, no sabéis de quién se trata! No sabéis que una tarde, en plena clase, se atrevió a levantarse de su banco para decirme con todas sus letras que yo era injusto porque había mandado a un niño hincarse de rodillas...

¡Oh, Dios mío! Pero ese hombre, ¿dónde va a parar con tanto detalle inútil, con tanto cachivache picado de uso, extraídos de los viejos almacenes de la retórica, en los que ya nadie entra para nada? ¿Qué quiere decir con todas esas cosas?

El rector le suplicó que, ateniéndose al tema, no diera proporciones extraordinarias al asunto hasta el punto de desfigurarlo...

Repúsose el ponente y continuó:

—Bueno, ese niño se ha fugado. Y *ahora*, nosotros, ¿qué es lo que vamos a hacer *ahora*?

¡Ah, qué bien se notaba en la crueldad de aquellas fisonomías y en la dilatación de aquellas gargantas, infladas de odio, lo exótica y extraña que era la piedad entre ellos! ¡De qué buena gana, a despecho de sus hábitos de continencia, hubieran gritado todos, en barahúnda demoníaca capaz de detener a los transeúntes en medio de las aceras, asombrados de un estrépito semejante; de qué buena gana hubieran gritado el maldito *¡tolle, tolle!*, con que las muchedumbres judías pidieran a los jueces la cabeza del reformador hebreo, del Cristo de las Escrituras! «¡Crucifícalo, crucifícalo!»: se respiraba esta condenación en la atmósfera de la secretaría, podía mascarse...

El sacerdote se animó con aquel espíritu de su auditorio. Cobró audacia y siguió expresándose con la violencia de un hombre que lleva un vino malo en las entrañas.

—Llevada, sacudida, arrastrada la santa leyenda de esta casa por el polvo a los caminos..., toda nuestra tranquilidad a merced de ese miserable... Una posible información de las autoridades, a ver qué hacemos aquí con la inocencia de los niños...

—¡Oh, no! ¡Oh, no! No lo consentiremos... —tronó a coro el claustro, todo el claustro, enardecido por los temblores de palabras del ponente—: No lo consentiremos... Esta casa es inmune, como la casa de Dios.

¡Inmune como la casa de Dios! ¡Las blasfemias espantosas que salen de los labios tenidos por santos, como sale el lodo corrompido de la esclusa que lo contiene en los albañales que le sirven de lecho!

—Y luego, señores... —silbó una voz meliflua, la voz del rector—, y luego, señores, la cuestión de los intereses que se impone... Ese joven no se va solo... Lleva en su poder cincuenta y cinco mil duros... Es un dinero que sale de la caja sin haber tenido siquiera el tiempo de calentar el sitio...

Aquella suma, cincuenta y cinco mil duros, evocada de repente, fue de un efecto que supera a la descripción más ajustada; mudose la color de muchos individuos de la junta hasta tornarse lívida en algunos, y todos alargaron el hocico como excitados por el apetito de una golosina colosal ofrecida en banquete inopinadamente, por sorpresa...

Hubo una pausa tan silenciosa, que durante ella pudo advertirse el palpitar de los corazones. Era imponente el espectáculo.

—Hay que cogerlo, hay que capturar a ese niño, y por todos los medios, y de todas las maneras, aunque sea echándole un lazo al cuello como a una bestia bravía...

El asentimiento fue unánime; pero no se habían reunido solamente para eso. El más joven de los sacerdotes que formaban la junta fue el primero en sentirse llamado al orden por la conciencia de la realidad.

—Pero ¿y después?— dijo.

Todos aguardaban la pregunta, y no hubo ninguno que fuera tan osado como para satisfacerla.

Cuando un fiscal pide en sesión secreta la cabeza de algún reo, no lo hace nunca, no mienta nunca la palabra de muerte, hasta consultar con la mirada la actitud anímica de los compañeros que le escuchan. Toma la iniciativa en la enunciación de la palabra; pero no la toma, ciertamente, en la formulación de la sentencia. Es el pudor de todos los que viven de la vida airada...

—Pero, y después, ¿qué vamos a hacer del renegado?

Por instinto, todas las voces que tomaban parte en la deliberación bajaron de tono.

El rector, el «señor rector», como le llamaban, tuvo, a lo menos de pensamiento, el bárbaro valor de los verdugos, de esos ejecutores de la ley... Pronunció la palabra de «condenación», de «suplicio»—: Ese niño no paga sino con un mes de calabozo, pero no el de arriba, ya sabéis, sino el subterráneo, la *cueva negra*.

Todos asintieron. ¡Qué horror! La proposición del señor rector tuvo desde aquel momento valor ejecutivo.

¡La *cueva negra*! Pero ¿es que esos hombres ignoraban la extensión del castigo que acababan de imponer? ¿Es por azar que la tonsura, como si fuera un pólipo, necesita para nutrirse roer, en una labor de descomposición incesante, toda la materia que la rodea, y eso hasta el punto de que el sacerdocio sea el camino más ancho que se conoce para llegar a la bestialidad y a la locura?

¡La *cueva negra*! ¡Pero eso puede ser la muerte! ¿No lo comprenden así aquellos discípulos de Cristo?

Aunque bien considerado, ¿qué se le podía dar a ellos de eso ni de cosas más graves todavía? ¿Que había de hacer sangre? ¡Pues a hacerla! ¿Que esa sangre podía manchar de rojo el pavimento de aquella casa, inmune como la casa de Dios? Pues a frotarlo bien, a fuerza de puños, con un estropajo, y a vivir ellos, que ya llegaría el tiempo de morirse, cada cual a su hora!

La junta quedó terminada, y la bandada de cuervos se descompuso y levantó el vuelo, una vez rematado el asunto que la había congregado... Habría carne muerta para rato... Ya sabrían ellos apañarse un espléndido festín con las entrañas del pobre niño a quien le costaba la vida su ingreso en el seminario.

Y sobre todo, ¡oh, por Dios!, eso no había que encargarlo con mucha insistencia... Y a guardar las apariencias.

¡A guardar las apariencias!

Era la monita[16] secreta de todos los clericales. Pero llegaron a más, no quedaron satisfechos con tan poca crueldad. ¡El arresto de un niño y nada más que eso! ¡Apenas valía la pena de haberse congregado por tan poca cosa! Y diéronse allí el placer de ponerse de acuerdo en los detalles de la prisión que habían decretado; discutir el adarme[17], regatear la pulgada, tener siempre previstas todas las contingencias... No lo hacen siempre los carceleros de profesión. ¡Una especie de pudor se lo veda!

Generalizose el debate de un extremo a otro de la secretaría: es de advertir que, en punto a fiereza, todos tenían el mismo derecho a que se les comparara con los buitres... Todos todos, el rector como sus inferiores en jerarquía; los jóvenes como los viejos; todos eran igualmente monstruosos. No había entre ellos más diferencias sino que unos se contentaban, siniestramente mudos, con alargar el hocico como olfateando ya el castigo próximo a ser ejecutado, y otros prorrumpían en alaridos que significaban, en buen lenguaje humano,

---

16. Monita: artificio o astucia ejercido con suavidad y halago. El término procede del libro *Consejos privados de la Compañía de Jesús*, dirigido a los jesuitas y publicado en 1614 (*Diccionario de la Lengua Española*, 23.ª ed., 2014).

17. Adarme: cantidad o porción mínima de algo (*Diccionario de la Lengua Española*, 23.ª ed., 2014).

el afán de que el momento del sacrificio se apresurara cuanto antes. Bestias carniceras todas.

Y a aquellas horas, el niño, aunque prófugo, ¡qué ajeno era de que los hombres negros deliberaban sobre su cabeza!

—Bueno, ¡queda aprobada la pena de arresto, un mes de arresto, por unanimidad! —dijo con tono chancero uno de los discípulos de Cristo—. Pero ¿y la forma? Hay que discutir la forma, porque supongo que no vamos a quedarnos satisfechos solo con eso...

La voz de un viejecito que no había hablado en toda la tarde se hizo oír tan fina y tan sutilmente que obligaba a pensar en la extraña composición de esas brisas suaves que llevan la pulmonía entre sus ondas...

—Hay también —dijo— la pena de consunción, como yo la llamo. Y hago constar desde este instante mi preferencia por ella.

Tuvo que explicarse: la pena de consunción, eso es muy vago.

—Nada, prohibirle el recreo; interrumpirle el sueño cada media hora; menguarle gradualmente, un poco más todos los días, la ración de comida que le corresponda; negarle también, una vez salido del calabozo, el paseo de los domingos durante todo el curso o durante la mitad, si les parece a ustedes bastante...

Era colosal el proyecto, digno de un genio. Ni Torquemada ni Troppmann[18]. Fue premiado con unánimes rumores de asentimiento. El viejo verdugo se inclinó ligeramente, dando las gracias por su éxito, ruborizado de modestia...

Y animado por el buen efecto de sus palabras, siguió silbando siniestras ideas de esa clase de castigo que tanto se parece a la venganza:

—¡La pena de consunción! ¡Ya lo creo! Es eso lo que hacíamos con los discípulos rebeldes en el Real Colegio de Misioneros de África, del cual, como sabéis, he sido vicerrector ¡yo no sé ya cuánto tiempo! ¡No hay que pegarles palizas a los muchachos para corregirlos de sus defectos! ¡Con no dejarlos dormir ni darles de comer sino muy poco, se adelanta más con ellos! ¿Que no es bastante porque el chico es fuerte y se burla del castigo? Pues se le agrega el calabozo, y allí forzosamente se le obliga al arrepentimiento. Son estas unas cuentas que no marran nunca. ¡Llevo yo tantas historias de esas aquí guardadas!

Y se tentó la bóveda del cráneo. Una gran calva reluciente a la luz de la ventana, y que por nada del mundo hacía presumir en el vejete aquel a un cómitre[19] por vocación.

---

18. Jean-Baptiste Troppmann (1849-1870) fue un asesino en serie francés. Mató y descuartizó a ocho personas, por lo que fue ejecutado en la guillotina. Iván Turguénev fue testigo de esta ejecución y escribió posteriormente una obra sobre el caso, en la que reflexiona sobre la barbarie de la pena de muerte.
19. Cómitre: antiguamente en las galeras era la persona que dirigía la boga y que además estaba encargada de castigar a los forzados; en la actualidad, este nombre se asigna por extensión a cualquier persona que ejerce su autoridad con excesiva dureza.

VI

FUGITIVO

¡Ah, qué amanecer tan lento el de aquel día de marzo! ¡Qué poca prisa se daba el sol en alumbrar las miserias de la tierra! Y hay quien lo aguarda, quien lo aguarda conteniéndose las palpitaciones del corazón para que no se le salga fuera del pecho.

Revuelto entre las sábanas de la cama, piensa angustiosamente Manolito que quizá Dios, para castigarlo, para impedirle la fuga, haya decretado la noche eterna, las estrellas en el firmamento, el vapor brumoso que exhalan las vegetaciones, el ansia en el pecho de los que viven mal en el mundo y quieren variar de postura, exhaustos de felicidad y abrasados de amor por ella... ¡Qué amanecer tan implacablemente tardo que no atiende siquiera las invocaciones de los niños que se ven perdidos!

Tiene concertado su plan de fuga.

A las seis todo el mundo ha de estar en planta en el seminario; a las seis y media es el desayuno, y a las siete, la misa. ¡Ah, pues entonces, en ese mismo instante, que es el de menos vigilancia, saldrá por la puerta falsa del seminario que da a uno de los patios del obispado; entrará en el retrete, que él conocía, en uno de los extremos de la crujía, dejará allí su librea infamante de cura en germen, y al quedar vestido como la generalidad de los humanos, saldrá por la

73

puerta grande del palacio obispal, que da a la plaza, y ya en ella..., pero ¿quién, sin echar chispas de la cabeza, podría seguir a Manolito en la expedición infinita que en su magín trazara por una lontananza sin término? ¡Ese cuento de la lechera constantemente representado por todos en la vida, grandes y chicos!

¡Ah, qué amanecer tan lento el de aquel día de marzo! ¡Qué poca prisa se daba el sol en alumbrar las miserias de la tierra!

Cuando se vio en libertad, cuando se vio en la calle, tuvo, dominado el primer impulso de la fuga, miedo cerval de aquello que hacía.

Se paró. Hizo lo mismo que un pajarillo a quien se le da largas abriéndole las puertas de su jaula... Quedó aterrorizado de aquel gran cacho de horizonte que se abrió ante sus ojos, invitándolo a que lo recorriera. Y, como una punzada dolorosa, se le ocurrió de pronto que mejor hubiera sido no haber obrado con tanta ligereza, haber aguantado más tiempo. ¡Quién sabe! Haber llegado al final de la carretera, no haber tomado por el atajo... Ser cura... Quizá obispo... Dejar de todos modos cumplida y satisfecha la voluntad de sus padres..., ¡mientras que ahora!...

Echó a andar, sin embargo: le convenía alejarse de aquellos sitios cuanto antes... Quizá hubieran ya notado su ausencia y lo andarían buscando... Quizá fueran a cogerlo de un momento a otro... por el cuello..., con violencia, como él sabía que sujetaban los hombres a todos los desertores, a los fugitivos...

Se internó por la ciudad haciendo como que paseaba con el aire indiferente de todo el mundo. ¡Ah!, pero la noticia de su fuga debería a aquellas horas ser de dominio público, porque notaba que la gente al pasar por su lado se fijaba en él como diciéndole: «¡Ah, granuja, ya sabemos lo que has hecho!». ¡Bah!, pero quizá sería aprensión, porque si no, ¡ya lo hubieran detenido!

¡Hace ver tantas visiones el miedo! ¡Pues no le habían hecho creer de niño que el coco existía realmente, y no tenía la seguridad de haberlo visto en el fondo de su alcoba con toda la concreción plástica que el terror sabe tallar para sus creaciones! Con seguridad que nadie se había apercibido a aquellas horas de su huida... Podía respirar libremente...

Y se paró extasiado ante el escaparate de un carnicero, admirado del buen color que tenían las salchichas...

Subían y bajaban los pensamientos a su cerebro con el mismo ritmo que las mareas.

El instante del reflujo era en él tan poderoso que, tentándose la cabeza, la notaba hueca; por una obsesión que puede ser el germen de la locura, llegábase a figurar que le habían vaciado el cráneo y que ya no tenía que aguardar salvación ni ventura de sí ni de los otros. Peor que la lepra o que la tiña, era la profunda miseria orgánica de los idiotas.

¡Ay, y en el momento de la batalla! ¡Vencido antes de haber luchado! Pero ¿tú consientes en esto, Dios mío?

Idéntica exclamación que todos los miserables.

Echó a andar de nuevo; temió que le brotaran raíces de las plantas de los pies si continuaba parado. En un desfilar rabioso de pensamientos recordó la Biblia y a la mujer de Lot convertida en estatua por haber desacatado el precepto divino.

Sí, porque a fin de cuentas... Vamos a ver, ¿de quién huía? Pues huía de Dios y del sacerdocio, huía del Cielo. Y ahora sí que se notaba completamente perdido, seguido de cerca por la cólera todopoderosa del Dios de los Cielos...

De pronto, inconsciente como estaba, se encontró en el campo. Había andado mucho sin apercibirse, porque aquella Naturaleza que le rodeaba, y de la que formaba parte, le era completamente desconocida. Sintióse feliz con esa idea y quiso completarla hasta la realidad con una sensación puramente física.

Volvió la cabeza para, viendo el punto de partida, hacer el cálculo de lo que habría andado. ¡Dios de Dios! ¿Qué valen las visiones delirantes de Juan el de Patmos[20] al lado de lo que el fugitivo creyó ver en aquellos momentos! Quedó aterrado. Creyó que la enorme masa de piedra del seminario se le venía encima para aplastarlo. Se acordó de su madre e invocó su nombre en voz alta, delirante, perdido en la enorme soledad de los campos...

Fue una pesadilla que, de haberse prolongado una milésima de segundo más, lo mata, lo deja tendido allí con el mismo rigor que un rayo. No era la víctima definitiva y total

---

20. Juan de Patmos: autor del libro del Apocalipsis, cuyas visiones terroríficas experimentó durante su destierro en la isla griega de Patmos.

de aquel día. Era la víctima del día siguiente. Por eso no se le vino encima la gran masa de piedra del seminario.

Otra vez tuvo fuerzas para seguir andando al azar, a campo traviesa, más miserablemente todavía que los vagabundos de la carretera. Ni frío ni calor, no sentía nada. No notaba el sol. Con la cabeza oculta entre los hombros y las manos en los bolsillos, seguía hacia delante. ¡Y ni por la posesión de la gloria hubiera vuelto un solo instante la cabeza! Tenía miedo de encontrarse otra vez con el monstruo de piedra del seminario. ¡La visión del Infierno contemplada desde la vida!

Anduvo así largo espacio de tiempo, más de una hora, quizá dos... ¿Quién mide el tiempo cuando se forma parte de una vorágine de desgracia? Hasta que las piernas se negaron a sostenerle.

En aquel momento se acordó de que no había comido desde la noche de antes. Registrose los bolsillos como un autómata, y sonrió el mísero con dulzura al notarse completamente arruinado. Entonces es que era preciso ceder. Y con la vista loca, extraviada, se dio a buscar, como un animal huido, sitio donde morir.

¡Ay, si lo hubiera visto, si lo viese la madre de su alma! ¡Un niño criado con tanta ternura, y tan hermoso, que, como decían todas las comadres del barrio: «¡Jesús, daba gusto mirarlo!». Pues bien, ¡se moría de hambre y de cansancio!

Había un árbol, un árbol seco y rugoso separado de los otros, minado de boquetes enormes en todo el tronco, de tal manera, que constituía un milagro de equilibrio el que pudiera sostenerse con la corteza solo, y a él se dirigió el fugitivo, atraído por la analogía que creyó encontrar entre ese árbol y su destino. Se tendió panza arriba, resguardando del suelo la cabeza con ambas manos entrelazadas. Y en la absoluta atonía de su pensamiento, fue feliz, completamente feliz, media hora seguida, respirando con delicia un aura que parecía una caricia, y ante sus ojos el azul sin límites de un cielo que parecía envolver al niño en su magnificencia.

Dejó de pensar, dejó de ser un organismo consciente, como si hubiera cesado por completo de existir y formara parte de aquel árbol. Cantaba la vida alrededor del niño el himno eterno del movimiento infinito, y el miserable continuaba allí, inmóvil como una piedra, lleno de majestad, sin embargo, con todas las grandezas de una tragedia verdadera...

Fue, al principio, cansancio; luego, somnolencia, y por último, sueño. Se quedó dormido. En su situación, el sueño es un peligro. Muchas veces la muerte se vale de esos emisarios...

Lo despertó la tenaz visión del lugar maldito, del criadero de curas que, con el recuerdo concreto de sus horrores, le llenaba todos los espacios del cerebro. Y al abrir los ojos y encontrarse enfrente de un hombre que lo interpelaba rudamente, como un paleto que era, creyó ser víctima de una pesadilla.

—¿Qué haces aquí, muchacho? ¿A quién aguardas?

Tuvo fuerzas para responder:

—¡Oh, no, no aguardo a nadie!

Pero el campesino se rascó las cejas con una de las patas delanteras, en señal de duda...

—¿Por *miaja* serás tú ese que andan buscando por todo el campo, como si fuera un relicario?

—¡Oh, no, señor, creálo usted..., crea usted que yo no soy *ese*!

—Pero, criatura..., ¿qué es lo que te pasa para que estés tan *escolorío*? —Y luego, después de haber deliberado consigo mismo, añadió—: Tú te has *escapao* de alguna parte, y voy a *ca* del *señó* cura, que *velay* donde está, a ver si eres el que yo me figuro.

Y después de una pausa:

—¡Pues bonito jaleo que traen en Ávila contigo, que no parece sino que es el fin del mundo!

El fugitivo se hincó de rodillas y le oró a aquel hombre como no había orado nunca a ningún santo. Lloró, gimió, apostrofó, pero todo inútil. Aquel hombre era uno de los sabuesos que desde por la mañana lo perseguían, levantando hasta las piedras de la carretera, por si el fugitivo se había escondido debajo de ellas...

—¡Por Dios! —decía—. ¡Por Dios y por todos los santos, por usted, por todo lo que usted quiera en el mundo, no me lleve a esa casa, que van a matarme! ¡No sabe usted entonces de lo que sería capaz don Gregorio, el catedrático de Latín, después de lo que he hecho!

Y en su inocencia no comprendía Manolito que una moneda de cinco duros hubiera sido para aquel hombre argumento más convincente que todas las palabras a que el dolor diera rienda suelta, por animadas de espíritu de vida que estuvieran... —¡Por Dios, por Dios!—. Y el premio en dinero que le habían prometido en el seminario, ¿era cosa de tirarlo en mitad de la carretera como una fruta podrida o como un objeto que no sirve para nada?

Toda la Naturaleza fue testigo de aquella gran violencia, y no se levantó —¡estúpida, ciega, bestia!— para reventar al miserable que en tan poco estimaba su dignidad humana.

Pero —¡bah!— ese, como casi todos, ¡un cuadrumano ligeramente modificado!

Aquella noche durmió Manolito en el seminario.

VII

EL CASTIGO

No hubo gritos, ni estrépitos ni reconvenciones, a la llegada. Había sido condenado en frío, y no intervino para nada el arrebato de la pasión en el castigo. Fríamente, con lisura, y hasta con mimo, uno de los profesores de la casa, que actuaba de sayón, lo condujo hasta el calabozo. Se iniciaba el Calvario.

Venía a ser el calabozo una sombría restauración de los *in pace*[21] de la Edad Media. Una especie de tumba que lacrimeaba humedad por los cuatro ángulos que la formaban. Como un boquete maldito cavado en la tierra por las energías del odio. Una abominación y una vergüenza. La antesala de la muerte... Y sin luz ni aire... ¿Para qué? ¿Es por ventura que una cripta semejante puede guardar otra cosa que un cadáver?

Sin embargo, no todo era horror en aquel nicho, había hasta un asiento: una piedra. Y hasta compañeras que distrajeran las melancolías del preso: las ratas que paseaban indiferentemente su asquerosidad como sobre un dominio propio.

La criatura quedó desvanecida de angustia, de peste y de sombra al ser metida en aquel boquete funerario. Pero la

---

21. *In pace*: espacios reservados en los monasterios y conventos en donde se encerraba a los monjes que habían cometido faltas graves.

misma intensidad de sus sensaciones le provocó la reacción, y entonces llamó, llamó, valiéndose de los puños, a trompadas contra la puerta —¡ah, sí, todos los golpes que pudieron dar sus debilitadas manos de adolescente!— hasta quedar sin fuerzas y sin consuelo.

No respondió nadie, ni aun el eco: aquel sótano no era otra cosa que una excavación en los cimientos mismos de la casa.

Entonces gritó. ¡Ah, que es un tormento que no empareja con ningún otro el de, sabiendo que la voz es nuestro solo recurso, el único elemento de defensa posible, querer gritar y estar ronco, estar afónico, con la garganta ocupada de flemas y la lengua seca, en un paladar no de carne, sino de palo, mientras que a la propia conciencia aún le queda luz bastante para iluminar y darse cuenta de todas estas inenarrables miserias!

Sobreviene la locura; la razón llega al límite de su resistencia. Más allá, sucumbe.

¡Ay, las tragedias ignoradas de la vida!

Tanteando por las paredes, rastreando por el suelo, abriendo desmesuradamente los ojos hasta desencajarlos por si de esa manera conseguía ver, recorrió toda la extensión de su sepultura, un tanto vigorizado por la esperanza de que sus verdugos le hubieran dejado algo que comer. Pero no encontró nada.

Entonces escarbó en el suelo y mascó limo mojado del pavimento. Lo ingirió también. Debería ser noche completa.

Y llegando a tientas hasta la piedra, tomó asiento sobre ella y se ocultó la cara con las manos.

Lloró entonces como no se ha llorado nunca sobre la tierra. Eso le hizo bien, porque con la sofocación del sollozo consiguió llevar algún calor a su cuerpo, que comenzaba a quedarse rígido de frío.

Siguió llorando largo rato todavía, no ya por angustia, sino para calentarse, y exhausto, por último, hasta de lágrimas, continuó inmóvil en la piedra, con la postura ridícula de una momia egipcia acurrucada en su nicho.

Así permaneció mucho tiempo —¡ay, que en la oscuridad las horas no tienen la misma equivalencia que a la luz del día!—, mucho tiempo, bastante más del que las palabras expresan; y tan miserable se sentía, tan falto de fuerzas, que ni se movió siquiera, como si la misma muerte hubiera tenido compasión del niño y por caridad le hubiera dado el golpe de gracia.

Solo de vez en cuando se tentaba las muñecas para, en la ligera palpitación de la sangre, conocer si seguían viviendo, si no se había muerto por completo. Habíase dejado entre los guijarros y las *erizaciones* del camino gran parte de la vida y toda la conciencia.

Sin embargo, hubo en su ánimo, en un instante determinado, como el despertar tímido y somnoliento de vagas esperanzas. Creyó sentir pasos y pensó en si, arrepentidos de la severidad de aquel castigo, vendrían a abrirle.

No deseaba la puerta abierta para la libertad. La deseaba abierta porque era de suponer que si alguien iba a verlo a su calabozo tendría que ser para llevarle comida. No hacerlo así sería la manifestación de una condena bárbara. Matarlo de hambre. ¡Ah, no, y eso ni Dios ni los hombres habrían de consentirlo!

No vino nadie.

En el interior del calabozo ya no se oía ni aun la respiración del prisionero.

Otra vez tornó a encogerse a la manera de una momia egipcia acurrucada en el fondo de su nicho. Con la cabeza sepultada entre las piernas y las manos hundidas en el vientre tenía más resistencias que oponer a las embestidas del frío y del hambre, que no tendido a lo largo sobre el suelo fangoso del calabozo. Notándolo así, decidió permanecer de esa guisa toda la vida.

La humedad del ambiente y de las paredes —¡aquellas paredes que simulaban llorar también, con sus boquetes semejantes a ojos llenos de legañas!—, la ausencia absoluta de luz, de aire respirable, de lecho, aunque fuera uno de esos camastros de madera que se usan en las prevenciones y en los presidios para dejar reposar el cuerpo; la carencia completa de todo lo que sirviera para poder vivir..., bien, pase, ¡todavía era capaz de resistirlo el mártir! ¡Pero las ratas gordas como gatos bien mantenidos...! ¡Pero las arañas monstruosas que presentía por todas partes...! ¡Pero las correderas...![22]

Había perdido la conciencia y hasta el instinto de la noción del tiempo. Se figuraba que hacía muchos meses que estaba encerrado en la cripta; y cuando al día o a la noche siguiente, porque el día y la noche tenían el mismo color negro en aquellas profundidades, bajaron a llevarle la escudilla con el bodrio que le tenían preparado como alimento, el carcelero se alarmó porque creyó que tenía que habérselas con un muerto. Lo dejó en el suelo, de la misma guisa que se lo había encontrado, y subió a dar parte a los otros profesores, sus compañeros, de aquel fausto acontecimiento que tantas molestias les ahorraba.

---

22. Correderas: cucarachas.

Acordaron trasladarlo a la enfermería del establecimiento, regentada también, como todo en aquella casa, por el elemento sacerdotal, y resultó del reconocimiento facultativo que aquello no era la muerte, pero sí un síncope cuya terminación lógica era el fenecimiento en un plazo más o menos breve, pero de todos modos inminente. Y por hacer algo que diera carácter de legalidad al asesinato concertado de aquel desgraciado niño, le frotaron las articulaciones de las extremidades torácicas y abdominales con una bayeta caliente, le hicieron aspirar sales que le volvieran al conocimiento, e introduciéndole la punta de un cuchillo por entre los dientes fuertemente encajados unos contra otros, le dieron a beber un líquido, que fue, por sus efectos, mandato imperativo de vida para el cuerpo comatoso y rígido del mártir.

Volvió en sí, abrió espantosamente los ojos, no como quien despierta, sino como quien resucita, y al verse rodeado de la gran mancha negra que producían los profesores del seminario agrupados alrededor de la cama de su víctima, el niño lanzó un grito de espanto y volvió a perder el conocimiento.

Fuera de aquel recinto, la Naturaleza, completamente ataviada con sus mejores galas, demostraba, con uno de sus imponentes festivales, su amor al hombre, la eterna solidaridad de todas las cosas del planeta.

Ardía en los aires la chispa que enciende de pasión los besos de los enamorados, y de la infinita poliformidad de la

vida solo aparecía el lado alegre, el que nos obliga a enca-
riñarnos con la existencia y a fundirnos en amor con toda
la materia. Cantaban las auras como en los buenos tiempos
de la mitología griega, y aplicando el oído podría escuchar-
se en la vibración del aire el estallar repetido y confuso con
que la vida se desarrolla en todas partes, imponderable y
eterna. Afirmaba la Naturaleza con su lujo el pretenso[23] derecho a la vida por que claman todas las escuelas socialistas
del mundo y todos los espíritus generosos. Era una delicia.

La hora del recreo había sonado y la gente menuda del
seminario, ansiosa de libertad y de aire libre bajo el cielo,
había asaltado las puertas que dan acceso al jardín del establecimiento, desbordándose por las avenidas del parterre y por la gran explanada que lo precedía, con el vigor
imperativo de una fuerza de la Naturaleza que pide plaza
en los conciertos de la Creación para contribuir a la labor
inconsciente que todos los cuerpos realizan en la medida de
su funcionalidad y de sus fuerzas.

Fue una verdadera tromba humana que, de haber descar-
gado sobre el huerto, no hubiera dejado una sola fruta pen-
diendo del árbol que la produjera. Pero les estaba interdicto
por los profesores el huerto, como un espantoso sitio de
abominación, y así es que se contentaron con jugar en el
parterre. No pedían más tampoco, y con eso quedaban satisfechos.

Se fraccionaron en grupos, sin obedecer a más ley que la
de las simpatías y las preferencias.

Unos jugaban a la pelota, subiéndose los manteos hasta
debajo de los sobacos, para poder correr con más ligereza;

---

23. Pretenso: pretendido, supuesto.

otros a la peonza; quienes a la billalda[24] o a verdaderos juegos de envite y azar, con huesos de albaricoque, con cajas de cerillas y hasta con plumas de acero usadas.

Estaban perfectamente indicados los temperamentos por las preferencias que daban a los juegos, y, olvidados por hora y media —todo el tiempo del recreo— de su carácter semisacerdotal, eran animales jóvenes influidos por el instinto, que triscaban sobre la hierba y gritaban interiormente «¡más, más!» al sol y al aire del campo, porque no llegaban nunca al hartazgo completo de esas dos cosas tan esenciales para el sostenimiento de la vida orgánica. Cubiertos de sol desde los pies a la cabeza, harían pensar en la fábula de las salamandras, tan bien halladas en la zona ígnea que les es propia.

Los seminaristas viejos paseaban por la sombra de dos en dos, con los breviarios bajo el brazo y las manos perdidas en el fondo de sus sotanas; de vez en cuando lanzaban de soslayo y por sorpresa miradas tiernas al azul del cielo y a las copas animadas de los árboles, como náufragos sin ilusiones que miran a una gran distancia las tentadoras seguridades de la playa.

¡Oh, qué día tan hermoso, y cómo lo aprovechaban los seminaristas de la misma edad de Manolito, jugando al trompo y a la pelota y a cuantas cosas crio Dios sobre la tierra! ¡Qué efectos de luz tan sorprendentes arranca el sol de cuantas cosas baña! Parece el jardín a aquella hora como una colosal esmeralda de mil facetas que lo inundara todo, en

---

24. Billalda: juego que consiste en dar con un palo en otro pequeño y puntiagudo por ambos extremos, colocado en el suelo, de modo que el golpe lo haga saltar y que, en el aire, se le pueda dar un segundo golpe que lo despida a mayor distancia (*Diccionario de la Lengua Española*, 23.ª ed., 2014).

colaboración íntima con el sol, de proyecciones luminosas, verdes y doradas. Era como un himno a la Creación cantado al unísono por la soberana gama de los colores: del verde descomponiéndose hasta el escarlata, y del azul metamorfoseándose hasta el amarillo. Queda el ánimo suspenso. No se improvisan nunca estrofas dignas de la vida. Y el mejor poema consiste en hincarse de rodillas sobre el musgo y en prosternar la frente contra la tierra. La oración se produce entonces espontáneamente, y también el poema.

VIII

FINAL DEL DRAMA

No ha vuelto el niño del último síncope que le acometiera. Busca lo que le resta de espíritu por las regiones inexploradas. Sobre la cama está su cuerpecito rígido y tendido, pero la inteligencia ya no está allí hace mucho rato. Se ha ido. Le repugnaban tanto las cosas de la vida, que ha preferido agotarse.

Eso que está extendido sobre las sábanas del lecho, esa masa sólida, no es el hombre; precisamente, al hombre lo han asesinado los curas: es la caparazón de la bestia. Vivo y todo, no debe contarse ya a Manolito entre los humanos.

Está rodeado por el mismo sínodo que lo condenara a muerte. Ni aun el rector falta. Están alentando a la agonía, excitándola, irritándola. Le hubieran gritado «¡hop!», «¡hop!», como los acróbatas del circo a las bestias que montan, si de ese modo hubiera sido más impetuosa en presentarse.

El niño continuaba sumergido en su somnolencia de muerte, y sus verdugos, propuestos a no estrecharle la mano para levantarlo.

No había ningún doliente en la enfermería, salvo el niño aquel que agonizaba.

Las camas, colocadas simétricamente en fila como en los hospitales, cubiertas en toda su extensión con colchas que simulaban fundas, parecían aguardar pacientemente sus presas, con esa irritante pasividad de lo inorgánico.

Una mesa de noche, una concha de agua bendita y una imagen del Redentor en el suplicio de la cruz constituían todo el ajuar de los enfermos.

El rector se tendió sobre una de las camas para aguardar más cómodamente el desenlace de la tragedia. Le secundaron los otros.

De allí a poco se estableció un gran silencio, solo interrumpido por la voz de cualquiera de los asesinos, que al dirigirse al más inmediato de sus vecinos de lecho, parecía decirle, por concreta y diferente que fuera la pregunta que le formulara...

—Pero ¿no ha muerto todavía?

¡Ah! no tenían más impaciencia que esa, ¡un anhelo brutal de la muerte! ¡Se respiraba esa voluntad de todos ellos en la atmósfera del cuarto! ¡Podría mascarse!

¡Y cómo se notaba en la fisonomía pálida o congestionada de todos ellos que estaban conteniéndose hacía rato para no saltar bruscamente sobre el cuerpo del moribundo y rematarlo a puñetazos, o de un modo más innoble, a navajadas, como a una bestia cuya muerte se apresura para evitarnos el espectáculo de su agonía! ¡De qué buena gana lo hubieran hecho así, si no fuera porque desgraciadamente hay un cuerpo de médicos forenses que se suele oponer a la ejecución de esas infamias!

Brillaba el sol en el exterior con los esplendores de sus grandes fiestas. Se escuchaba desde la enfermería la respiración gigantesca del jardín, centuplicado ahora de sensibilidad y de vida por la animación que le comunicaban los muchachos con sus carreras y sus juegos.

En el seminario, como en las casas inmediatas, en Ávila como en la Groenlandia, en la enfermería aquella como en las alcobas de los esposos, todo marchaba unánimemente y con ritmo imperceptible al cumplimiento de su destino. Las campanas de las iglesias anunciaban con gran estrépito la festividad religiosa del día siguiente y, parecida a un eco, la campana del patio central del seminario respondía llamando a los escolares a sus clases.

Gastábanse todas las cosas animadas en las furias del movimiento, produciendo sonidos, desprendiendo olores, irradiando color y brillo.

Llegaban hasta aquel cuarto los zumbidos de la vida, semejantes a los que se oyen en las inmediaciones de las colmenas.

El reloj de la enfermería sonó en aquellos momentos las tres de la tarde.

Y al ruido acompasado y melódico de los tres golpes que sonaron en la caja del horario, el mártir desarrolló un ligero movimiento con todo su cuerpo, abrió espantosamente los ojos con expresión imponente de horror trágico, y completamente extranjero de la realidad maldita que formaba círculo alrededor de su cama, gigantescamente despreciador de sus verdugos, volvió a hallar, como en los días plácidos de la niñez, el himno sagrado de la infancia... «¡Mamá, mamá mía, madre...!».

No dijo más y expiró.

Los ojos quedaron abiertos con una expresión desesperada que apostrofaba al Cielo.

Alejandro Sawa.

Alejandro Sawa (Biblioteca Nacional de España)

índice

Cuando me hayas leído, querido lector,
guárdame contigo, compárteme,
pero no me abandones,
pues soy hijo del esfuerzo y la ilusión.

Amarillo Editora

CRIADERO DE CURAS
Este libro se terminó de imprimir
en el mes de noviembre de 2024
en la imprenta
Estugraf Impresores, S. L.